KB252010

천국의 난민

천국의 난민

윤의섭 시집

문학동네

自序

지난 몇 년 동안 시의 기둥을 세웠으니
이제 시집을 펼쳐 지붕으로 얹을 때다.
그러나 바람 숭숭 새어드는 이 집은
아직 천국이 아니다. 그렇다고
멀리서 배회만 할 수는 없는 노릇이다.
어서 빨리 고향에 들어서야 한다.

마음만 앞섰지 아늑하려면 기둥은 더 촘촘해야 한다.

지금까지보다 앞으로가 더 희망적이다.
시집은 두권째지만
시 한 편마다 다 시집이라는 각오를 함께 다짐해준 분들께
내 詩生을 바친다.

2000년 가을

윤의섭

차례

칠장사 眞景

나는 계속해서
칠장사로 향했다
정작 지도에도 없는 봉우리가 있다는 건가
행인에게 길을 묻고서야
이미 칠장사 입구에 들어선 줄 알았다

대웅전에 박힌 싸리나무 기둥은 아직도 꽃을 피울 태세다
구로봉(九老峰) 아홉 늙은이가 담소를 나누다
인기척에 대뜸 돌아앉는다
땅속에서 오래 익은 약수를 마시며
얼핏 스쳐간 말꼬리를 더듬어본다
열번째 봉우리는 어디
자리 잡았습니까

적멸궁 뒤켠에서 싸리비 쓰는 소리가 들렸다

사슴 농장에 대한 추억

미루나무 근처에 사슴 농장이 있다고 했는데
조그만 여자애가 나물을 캐고 있을 뿐이다
한아름 남짓한 미루나무 뒤로 사라졌다가
햇살처럼 나무 사이 비집고 나타나는 여자애 따라
꽃 지고 장마 지고 흰 눈 소복이 쌓여 발자국 남은 자리에
다시 꽃 피고 서리 피는 계절이 몇 갈피째 넘어간다
여자애는 땅속에 묻혀 있던 수염뿌리 달린 할아버지
머리를 뽑아 바구니에 담는다
기억에서 잊혀져 이젠 쭈글쭈글한 구근 같은 친구들 머리
를
칼로 끊어내어 바구니에 담는다
미루나무를 지나칠 때마다
여자애는 조금씩 자라 늙은 어미가 된다
잊혀진 사람들이 저렇게 모여
내 가난한 생의 식탁에 성찬을 차려주었구나
나물을 다 캔 여자애는 사슴처럼 겅중거리며 사라지고
나는 땅에 박힌 발뿌리 뽑지 못한 채 누군가의 구근이 되
어간다

블랙홀

풀섶에서 쇳조각을 주워들자
주위 덩굴이 뿌리째 뽑혀 나왔다
이 쇳조각도
내년쯤엔 꽃망울 피우고 바람에 하느작거렸을 텐가
산길에 졸며 서 있는 전봇대
반은 나무가 되었다
두드려보면 오래 스민 수액이 찰랑거린다
딸애 머리에 들꽃을 꽂아주고도 모자라
토끼풀로 팔찌 발찌를 엮었다
사람이 꽃으로 피는 건 백년도 안 걸린다
산자락을 넘어선 바람이
비릿한 냄새를 풍기며 물 속을 헤엄친다
겨우 한나절 동안 이 별에서 생긴 일이다

天國遺事

어느 묘목에서 귀곡성이 들린다기에 베어봤더니
어린아이가 웅크린 채 들어 있었다
나무 안쪽엔 손톱으로 새긴 듯한 불살계가 씌었다
서녘으로 가는 벌판에서 이상한 빛이 솟아올랐다
그곳에 가까이 간 사람들은 죄다 돌아오지 않았다
소문엔 황금 거울이 놓여 있어 다들 거울 속에 살 거란다
산자락을 타고 오르는데
볼을 스치는 바람에서 비린내가 났다
좀더 자세히 들여다보니 하늘을 나는 물고기였다
물고기 주둥이엔 편지가 물려 있고
지느러미를 흔들며 한 소식 전하러 지상으로 내려갔다
농부가 땅을 일구는데 낯선 지붕이 묻혀 있었다
아무리 파헤쳐도 층을 알 수 없는 고층 아파트가
뿌리내린 채 비상등을 켜놓았다
아파트에 사는 이들은 잠을 자고 있었고
그들의 꿈이 꼭은 이 세상을 이룬다고 여겨졌다
하루는 한 여인이 찾아와
자신을 사랑한 적이 없었냐고 물었다
어쩌면 이 여인은 먼 훗날 나를 꿈꾸고 있었는지도 모르겠
다

허나 추억은 떠오르지 않았고
아직은 현생(現生)이 그립기만 했다

손톱 무덤

하루 종일 섬돌 위에 놓인 고무신은
햇빛을 문지르다 금세 시무룩하다
신발 주인은 저녁에도 나오지 않았고
다음날도 다음날도 나오지 않았다

나무를 바라보는 게 좋아 늘어진 수양버들에 온통 휘감기
고
들을 바라보는 게 좋아 올라간 장독대 위에서 살다시피 하
고
뼈다귀 다리 사이에 끼고 조는 황구의 나른한 뱃가죽을 쓰
담다
어느 시절 봄인지 참 낯익은 마당이다
그렇게 무료하면 그 손톱이나 깎으라던 아내 말이 떠올라
손톱을 들여다본다 이보다 가지런한 적이 있었던가

달포가 지나도 나오지 않는 신발 주인 따라 문지방을 건너
본다
한 발짝 들여놓고 문득 뒤돌아보면
살아서는 다시 못 올 것만 같은 휑한 마당에
손톱만한 초승달이 여남은 개 떠다닌다

수암 가는 길

그대여 어느 날 아침 눈을 떴을 때
문이 안쪽으로 잠겨 있고
신발도 그대로인데 내가 보이지 않는다면
책상 위에 사뿐히 내려앉은 한 점 먼지 쓸어내지 말아주게
먼지 속으로 출타했으니 행여 애타지 말아주게

마당에선
뒹굴던 새의 깃털이 점점 자라
다시 온전한 새가 되어 날아가고
해질녘에 떨어진 햇빛은 풀꽃으로 진화한다네
거긴 좀 어떤가
봄이 가고 여름이 가고
창 밖 세상은 벌써 일만년 후라네
전날 깎아버린 손톱은 열 개의 달이 되고
어딘가에 떨어진 눈썹은 숲이 된다네

그대여 바람을 일으켜 먼지 흩날리게
그대 기억보다 더 생생한 잊혀짐이게

서기 2096년의 書

1

이 고전적인 통신이여
보낸이는 씌어 있지 않았고 수취인 주소에는 단지
세월의 윤곽을 보이려는 듯 그려진 나뭇가지의 잎새만
겨울이 되어서도 떨어지지 않는 몇 잎새만
나무에 수많은 초록의 꿈들이 피어 있었다는
어떤 흔적도 없이

나뭇가지로 파고들어간 잎새
어미살을 비집어 살길을 트는 잎새
그곳이 여기 주소다
지금은 어디서 왔는지도 모르는 발신인 불명의 시대
우린 어느 가지에서 피어난 잔해들인가

2

어디선가 너는 편지를 쓰고 있겠지 조만간 밀려올 너의 눈
웃음 같은 흘림체에 발가락은 자꾸 간지럽고 내 늙어가는 시

간도 편지 쓰는 너의 밤부터 잠시 멈춰버리지 네 주위를 서
성이던 이들도 모두 떠났을 거야 가장 고독할 때에만 인간은
자기 생애를 넘어설 수 있거든 편지 쓰는 너의 등줄기에선
하얀 무덤꽃 피어나 너의 첫인사를 위해 때이른 무덤꽃 피어
나 너의 마지막 소원이기 위해 어떤 풍매도 일어나지 않고
벌레들이 갉아먹을 살점도 이제 남지 않았어 너의 머리맡에
떠가는 계절이 수백번 바뀌고서야 한 장의 편지가 써지고 내
게는 기다림에 겨운 새벽이 시작돼

　책상 한켠에 놓여 있는 풍란
　한 이파리씩 세세히 눈길을 주다가
　투명한 줄기 흘려쓴 것처럼 피어오른 낯선 풀을 발견한다
　몇 달 전 방 안에 굴러다니는 꽃씨를 화분에 버린 적 있는
데

3

　바람은 미친 듯이 땅을 할퀴고 지나갔다
　흙이불을 덮은 채 반쯤 썩어가던 낙엽이 뼈를 드러냈다

이 땅 한 켜 밑엔 제 녹아내리는 살을 느긋이 지켜보는
세대주가 살고 있다 한 켜 밑에선 거룻배 한 척이 강을 건
넌다
몇 층이나 되려나
움푹 파인 서산(西山) 하늘귀를 바라보면
이미 발굴이 시작된 카타콤

여기 잘 보존된 고대 도시가 있다
아직 식물은 푸르고 사람들은 살아 있다고 믿고 있다
자동차에는 그저도 시동이 걸려 있다
어느 집에선 죽은 자를 위해 제사까지 올린다
누구는 사람 비슷한 두개골을 파내기 위해 제 생을 파묻는
다

몇 층이나 되려나 이 카타콤
한 켜 밑에는 까맣게 녹슨 이십세기의 태양이
한 켜 밑에는 머나먼 아버지의 초원이
한 켜 밑에는 벌거벗은 채 누워 있는 인류가 아닐지도 모
르는 종족이

나는 내 심장을 드러낸 채 서른 살보다 많은 부장품을 내
준다

4

계단에 앉아 저 아래 들녘을 마주했다
거의 한 달 동안 내 생을 채우는 것은 적막뿐이다
스님들은 또 정진에 들어갔고
석탑을 구경하러 온 사람들 더러 눈에 띈다
조금 크게 울리는 풍경 소리에
이리저리 발길을 옮기던 사람들이 머리 위를 쳐다본다
이곳에선 그들의 앞날이 짧게만 느껴져
어느 혹성에서 찾아온 외계인들처럼
낯선 언어를 주고받으며
한낱 서너 시간을 노닐다 사라져버리는 생애다
엊그제 스님에게 배운 풀피리를 꺼내 불었다
서툰 솜씨에 모르스 신호같이 이어지다 끊기다 한다
이 신호를 받는 곳이 있을까
예전에 누군가 이 계단에 앉은 적 있어

띄엄띄엄 풀어놓았던 제 사는 이야기를
내가 받아내고 있을지도 모른다
지금쯤 억겁 지난 후의 이 절터에서
내 풀피리 소리를 받아 부는 사람 있을 것이다
만파식적처럼 내 몸을 뚫고 가는 소리
길게 짧게 끊어지는 듯 흘러가는 생애

5

양수리에서 만난 밤무대 악사는 성묘 갔다 오는 참이었다
노을 어린 강나루에 슬쩍 매인 저승길

제 올리고 남은 주과를 먹으라고 권하며
무딘 칼로 단감을 도려낸다 떫은 껍질 휘돌아간다

시에 곡을 붙였다며 기타를 친다
카츄샤에서 삼류 가수에서 이제 오십줄

먼저 떠난 엄니 쫓아

줄 끊고 떠가는 이 늙은 기타

손가락마다 반생을 묻은 봉분처럼 굳은살이 솟았다

                                6

그는 카페 한구석에 앉아 있다
그가 언제 들어왔는지 아무도 모른다
카운터에 켜진 모니터에선 미라를 발견했다는 해외 뉴스
가 나왔고
그것은 백년 후의 인간이라고 했다
그는 무덤덤한 표정으로 창 밖을 내다봤다
자동차 한 대가 천천히 지나갔다
그는 자기 살던 시대에 똑같은 모델이 있었던 걸 기억해낸
다
여기 모든 세상의 원판을 떠올린다
문 앞에선 한참 동안 서 있던 여자가 시계를 보더니 곧 사
라졌다
그러자 한 남자가 걸어와 그 자리를 메운다

누군가 떠나갈 때마다 빈틈을 메우는 것들이 있다
그는 쓰다 만 편지를 마저 이어나간다
이곳은 예상했던 것보다 빈자리가 많구려
뉴스를 보니 옆집 살던 그 친구 죽었나 보오
나는 내가 메울 자리에 살아서 남고 싶소
이 편지 내 호주머니에 넣을 테니 그리 아오
편지를 마치고 올해가 몇년인지 따져본다
모니터에선 계속해서 무덤을 통해 전달된 통신이라는 특
집이 나왔다

7

살짝 누웠다 갔나
부드런 풀잎새 꼭 한 사람 품만큼 쓰러져 있어
수맥이 꺾이어 먼저 썩더라도
그대 안았던 허리 일으키지 않겠네

8

거울에 김이 서리면 발자국을 찍어보곤 한다
발자국은 다시 깊이를 알 수 없는 바다에 잠긴다
내 얼굴 시퍼렇게 눈을 뜬 채 물 밑에 어른거리는
저 시린 바다 잃어버린 나라
이제 사라진 대륙이 은밀한 복원을 꿈꾸는 북해로 가야 한
다
북풍이 휘몰아치고 마른 태양에 은빛 물고기 찬연히 부서
지는
북해로 가야 한다 나는 거기 잠들어 있을 것이다
오래 전 잠겨버린 지층에 고독했던 한 남자가 누워 있을
것이다
꺼칠한 턱수염을 깎다가 문득
설운 세상에 살고 있는 자신을 발견한 그가 있다
지난날 그 수많았던 절망으로 파묻은
내 가는 등뼈 지느러미라도 달았을까
북해로 가야 한다
거기 살고 있을 종족 중에서
가장 아름다운 아가미를 가진 최초의 나를 만나러

사자의 서

어느 환한 날 찍은 이 가족 사진 얼굴들은
어딘지 낯설다
그들이 누구인지는 아직 밝혀내지 못했다

정육점 주인이 붉은 고깃덩이를 썰고 있다
김이 피어나는 고깃덩이는
가끔 창문으로 훔쳐보던 그 집 여자 엉덩이를 닮았다

오랜 친구는
전혀 모르는 어릴 적 기억을 떠올리며 즐거워했다
이 사람은 누굴까 언제부터 살고 있는 중일까

처음 나서는 듯한 문을 열고 길을 걷는다
길을 제대로 들어선 것 같다

은진엔 기다림이 있다

가을 나무처럼 말라가는 햇빛이 서 있었다 관촉사 입구에
늘어선 가판대엔 기념품 파는 사람들이 안 보인다 다만 한
할머니 먼지를 뒤집어쓴 목각불처럼 미소 짓고 있다 명부전
쪽으로 바람이 몰려가길래 뒤따랐더니 천장에 매달린 연꽃
이 둥글게 숨을 쉬고 있었다 황급히 빠져나오다 미륵불과 마
주쳤다 돌 속에 갇힌 백제의 凡夫가 두 눈을 지그시 뜨고 기
다리는 여인이 있을 거라고 생각했다 가는 길에 할머니는 그
저도 있었다 그녀를 스쳐가자 갑자기 등뒤로 왁자지껄한 장
터 소리가 들리고 닭이며 돼지가 나다니며 흥에 겨운 씨름판
함성이 떠들썩하다 목메인 흐느낌이 아련히 들려왔다 전 저
를 파먹으며 살아요 당신을 기다리며 영원히 햇빛은 그녀 얼
굴에서 앳된 분홍빛을 찾아내고 있었다

귀신, 그 쓸쓸함에 대하여

그는 들판 한가운데 바위에 걸터앉았다
별빛이 가슴을 뚫고 멀리 유성처럼 날아간다
그는 반쯤 으깨진 뒷머리를 만져본다
오늘도 산에서 내려와 그네 집 지붕 위에 서서
방을 투시하는 여자 귀신을 본다
문득 방금 다녀온 어떤 지구가 떠오른다
아내가 임신할 때쯤이니 한창 때를 보고 온 거다
젊은 날 소망했던 미래
지금은 너무 빨리 마감된 시절을 기웃거릴 뿐인
이 참담함, 지붕 위 그녀도 뒷머리가 없다
그녀 배가 점차 불러왔던가
갓난애를 탯줄에 감고 질질 끌고 다니는 귀신도 더러 있다
그녀 아무리 하소연하러 다녀도
산 자들 귀엔 끔찍한 피울음으로만 들릴 텐데
어떻게 이승을 떠났는지 기억에 없다
조금쯤 아주 조금쯤 가까이 가 닿고 싶은 곳이라도 떠오른
다면
이제 귀신들의 쇼를 보여주러 갈 시간이다
칠흑같이 어두운 밤
허망하게도 긴 궤도를 그리며 사라지는 유성 사이로

그는 머릿속에 아무 돌멩이나 주워 박고 우우거리며 날아
간다

迷宮圖

1

산자락 타던 등산객들은 어느새 나를 앞지른다
이 깊은 적막의 바다에 오래 전 노닐던 고래처럼
굼실거리며 상여가 올랐다지
지게에 자식 메고 찾아간 애장터가 있다지
또 한 무리 앞질러 간다
봄이면 제일 먼저 철쭉꽃 피는 언덕 너머에
앞서간 자들 옹기종기 모여 섰겠지
가장 붉고 가장 반들거리는 꽃처럼 피어 있겠지
이미 지나간 듯한 사람들 끊임없이 스쳐가는
이 산
기억에서 잊혀졌던 북망산

2

호텔 수암에
낯선 투숙객들이 점차 늘었다
원주민 종족은 따로 부락을 만들어

첫번째 세상에 묵고 있다
바깥에서 괴성을 지르며 돌아가는 네온사인이 그들을 유
혹하지만
모두 장님이고 벙어리다
두번째 세상은 바다를 통과해야 보인다
그러나 시화호에 사는 검은 게의 등딱지에 막혀
대개 허리가 휘거나 곱추가 된다
이 세상에 사는 사람들은 모두 납이나 수은을 먹는다
세번째 세상에선 간신히 산 너머를 볼 수 있고
거기 사는 이들의 귓속엔 고속도로가 뚫려 있어
훗날의 소문까지 들려온다
소문은 종말에 관한 예언이었는데 곧 귀 밖으로 통과해버
린다
몇몇은 옥상에 올라가보고
그들이 땅속에 묻혀 있다는 걸 눈치챘다
화가는 지상에 대한 상상화를 그렸다
시인은 자신을 지상에 은유했다
심리학자들은 꿈으로 보려 했고
철학자들은 우주 질서의 논리적 오류를 수정해보았다
종교학자들은 저 밖에 신이 있을 거라고 주장했고

고고학자들은 거대한 화석이 짓누르고 있다는 결론을 내
렸다
몇몇의 기억에 가끔 떠오르는 지상 풍경은 곧 묵살되었다
호텔에 투숙하기 전에 그들이 어디 살았는지는 아무도 모
른다

3

지하상가 모퉁이를 돌아서면서 아까 보았던 가게 여자를
또 본다
계속해서 앞으로만 걸었고
지상으로 가는 계단은 실 한 오라기 없이도 찾으리라
믿었다 미궁 속에 잠든 미노타우로스가 깨어나기 전에 가
야 한다
그러나 뿔 달린 황소머리표 붙은 청바지 가게가
늘 나를 기다리고 있었다

오래 기다렸지요
입구에 당신이 들어설 때부터

나가는 길은 입을 다물었지요
이젠 마네킹들에게도 심장이 돋아나고
비상구에 긁힌 손톱 줄기에서도 꽃이 피고 있어요

산비탈에 앉아 우린 마을을 내려보았다
지나가는 뜨내기 바람이 그녀에게 입맞춤을 하고
마을을 두 눈에 다 담을 때까지
나는 망설였다
언제까지 그리워해야 하나

여자는 여전히 그 자리에 서 있다
나는 아직도 십 년 전의 미로를 헤맨다

4

그대 말로는 내가 분명 수암에 가봤다는 거네
어느 마당에서 찍었다는 사진까지 보여주지만
도무지 떠오르지 않는다네 내가
작년 이맘때 거기 서 있었다면

그래서 흐르는 가을에 단풍지고 있었다면
나는 아직 거기 서 있는 거네

5

버드나무처럼
너른 앞마당
고향집 친친 휘감은
버드나무처럼
날름거리는 혀로
뼈에 붙은 살점조차 다 발라먹는
독살스런 버드나무처럼
나는 집착하는가

나는 초승달 가파른 비탈을 오르는가
반월도(半月刀) 큰 칼자루 쥐어
승천하지 못한 독룡(毒龍)의 허릴 끊어내고

나는 떠나는가

땅속 깊은 뿌리로부터
나는 떠나는가

인공낙원

민속 박물관에 마련된 사십년대 저잣거리엔
우동집에 앉아 면발을 입에 넣으려는 여자 인형이 있다
먼 산자락 철쭉 벙그는 소리라도 듣고 있는지
그녀는 숙인 고개를 들지 않는다
옆 가게에선 시계 수리공이
죽은 회중시계를 뚫어지게 바라본다
그는 전 생애를 바쳐 시간을 기다리고 있다
어디선가 거문고 퉁기는 소리가 들린다
저 한량도 천년 전엔 왕궁의 악사였을 텐데
전당포 창살 속에서 한 사내가 내놓은 금딱지도 이제 빛나
지 않는다
반들거리는 기화요초들이 사방에 피었고
뿌리 없는 거목이 벌레도 못 먹는 열매 매달았지만

밤에 젓가락을 내려놓으며 우동집 여자가 시계 수리공에
게 말했다
저 임신했어요 벌써 뱃속에서 환갑을 넘기고 있지요
밤새도록 살아갈 날들에 대한 얘기가 두런두런 오갔고
다음날에도 후손들은 입장권을 사든 채
인형들이 꾸며놓은 무덤 속 관을 타며 비명을 질러댔다

하루 종일 생살이 단단한 돌로 굳어가는 냄새가 났다

바람 속의 마을

바닷가에서
아이들은 꽃잎처럼 뛰놀았다
하루 종일 지켜봤지만 집으로 가는 아이는 없었다
밤이 되어서야 총총히 떠오르는 별을 바라보며 멈춰설 뿐
이었다
아이들이 커가는구나 했다
그후로 어린 시절의 내 얼굴이 떠오르지 않았다
이 바다를 비추던 터줏별이나 이끼 낀 바위나
모래 속 지층에 파묻힌 조개는 아직 나를 기억할지 모른다
나는 모래밭에 발자국을 꽃피우며 아이들과 뛰논다
빙빙 원을 그리며 돌다 한 아이와 마주친다
누구였더라
며칠을 바다 바람 속에 담그고 돌아오는 날
여행 떠날 때 흐렸던 하늘은 하루도 지나지 않은 듯 여전
했다
딸아이는 먼 후손처럼 날 반겼고
신발 속에선 몇 날을 털어도 모래가 쏟아졌다

카페 서기 816년

　밖엔 거친 바람의 혀가 나뭇잎을 핥고 있다 이제 늦가을의
앙상한 뼈들이 거리에 설 것이다 어슴푸레한 불빛에 싸여 시
인 이하*는 어둠 속으로 자꾸 사라지려는 육신의 경계를 쓰
담아본다 인터넷 카페에선 누구도 말을 건네지 않았다 영혼
이 있는 자와의 접속도 마지막인가 보다 이하는 자기가 쓰고
있는 허울이 약속 시간이 되기 전에 사라질까 걱정한다 하지
만 쏟아지려는 폐를 움켜쥐고 기다려도 그녀는 오지 않았다
약속 장소가 틀린 걸까 이하는 창가로 걸어가 길 건너를 바
라본다 방금 무덤 속으로 들어온 그녀는 그러나 아름다웠던
젖몽우리조차 벌써 썩어버려 뼈만 남아 거리에 누워 있을 뿐
이었다 죽기 전부터 썩기 시작한 거겠지 이 시대에 환생하는
게 두려워졌다

* 이하(李賀) : 唐시인, 서기 816년 폐병으로 추정되는 병으로 27세에 요
절.

북촌

북촌은 산 속에 있다
먼 전설은 홍수가 났을 때
물이 십층까지 차올랐다고 전한다
물이 빠질 무렵 새 한 마리가 날아오길래
백팔층에 살던 어느 노인이
푸른 잎새 하나 화분에서 떼주었다는 기록도 있다
한번은 원시적인 비행기가 불시착했는데
북촌 사람들은 거기서 내린 승객들이
자신들과 비슷한 데 꽤 놀랐다
그날 북촌에서 가장 위대한 촌로는 눈물을 흘렸다
촌로는 숨을 거두기 전날
젊은 계승자한테 유언을 남겼다
북촌을 떠났던 유일한 자가 있었느니라
그 유일한 자의 희미한 기억이 지금 우리의 생이며
산너머 사람들은 북촌을 북망산이라 일컫는다

돌 속의 하루

주춧돌만 남은 절터
때론 바람 불어
햇빛 한자락쯤 흘러가는 뒤란으로
잠시 단청 고운 대웅전이 윤곽을 드러내기도 한다

물 마른 약수터를 비껴 푸른 뱀은
주춧돌 속으로 들어가선 해 지도록 나오지 않는다

주춧돌에 귀를 대본다 사뿐한 발자국 소리
마당 쓰는 소리
냄새를 맡아본다 아련한 향수 내음
잊혀진 살결에 흐르던
목이 마르다
돌을 빨아본다

물의 默示

그녀를 태우고 나는 고기리 저수지로 달려갔다
저녁 햇살 수놓인 물비늘마다
해 뜨고 저물어간 날짜가 새겨져 있었다
딴 여자 얻어 나간 아버지보다
호적도 파내지 못하고 사는 엄마 싫어 뛰쳐나온 그녀는
이제 열아홉 살 번뜩이는 물비늘 앞에
바쳐진 제물처럼 넋 놓고 서 있었다

저수지에 남기고 온 그녀는 오랫동안 소식이 없다
혹여 받지 못한 전화에도 떠돌아다니다
받지 못한 편지에도 얼마나 괴로웠던가
그러나 살아남은 자에게 무서운 건 지워지는 기억이다
그녀가 지방 어느 밥집에서 일한다는 소문도 잊어버리고
나는 문득 한 여자와 결혼했다
그래 살아남은 자에게 무서운 건 지워지는 기억이다
나는 문득 한 여자를 그리워했다

나는 고기리 저수지로 달려간다
그녀는 저녁 햇살 꽃잎처럼 떠오르는 물비늘에
먼 훗날을 새겨넣고 있었다

그녀는 내게 저녁밥을 지어주며 웃는다
겨우 열아홉 살 우리가 살았던 모든 시절이었다

월식

멀리서 풍경 소리가 들리기 시작했다고
앞서간 선발대가 소리쳤다
그들이 나뭇가지에 이정표로 묶어둔 헝겊끈이
미풍에 휘날린다 만장(輓章)이다
이제 다 온 거냐고 지친 일행이 수군거렸다
아직 숲속에 갇혀 있을 뿐이었지만
그래도 뒤처진 일행에게 다시 소식을 알려야 했다
풍경 소리가 들린대요

전철역 상록수와 대야미 사이 산자락에
반월(半月)역이 있다
반월역은 가끔 사람들을 안고 사라진다

천국의 난민

오후엔 한 차례 소나기가 내렸다
그 밤에서야 은행나무 푸른 잎은 노란 눈꺼풀을 내린다
새벽까지 구름은 물러서지 않았다 그날
천년 만에 찾아온다는 혜성은 그렇게 빗겨 갔다
들녘에선 바람이 바람 속에 파묻히고
어디선가 사내를 가슴에 묻은 여인네의 곡소리를 끌고 왔
다
진달래가 피어도 지난날은 여전히 작부였다
아무런 변화도 일어나지 않았고
생은 늘 흐드러진 노랫가락만 불어젖혔다
죽은 자들이 머금은 한 줌 숨결 같은 미련으로
사람들은 누구나 백일몽에서 깨어난 적 없다
그러므로 사람들은 꿈을 꾼 적 없다
집에 돌아간 적도 없고 파멸에 이른 적도 없이
때로 행복하여 꼿꼿이 선 채 죽어간다
따사로운 햇살이 오래 내리쬐니
이제 온전한 미라들이 생겨날 것이다

내가 아는 버드나무는

내가 아는 버드나무는 눈물을 흘리네
연둣빛 옷고름 살짝 들어 뚝뚝 맺히는 봄날 찍어낸다네
내가 아는 버드나무는 머리를 풀어헤쳤네
혓바닥 같은 잎새를 무수히 내뱉으며 미쳐간다네
가냘프고 고운 허리를 가졌네
어미 모르는 아기 묻혔다던 빨간 관을
뿌리내린 첫날부터 끌어안고
거친 바람 부는 날이면 하염없이 오열하는 허리를 가졌네
새들은 가지에 앉는 적 없이
쉬지도 않고 한세상 건너뛰지만
버드나무 울창한 가지숲엔 길 잃은 기억들이 고여 있다네
버드나무는 따뜻하다네
둥근 달 영창에 걸어놓고
굽이굽이 긴 밤을 바늘땀 들이며 살고 있다네
그러다 살짝 장독대로 걸어가
입 벌린 항아리마다 한 잎새씩 띄워주곤 한다네
한세상 치마품에 방생시켜놓고
새들이 사라져간 곳으로 꽃씨를 보내기도 한다네

相生

아침에는 숲길을 산책한다
껍질 벗은 지 얼마 안 되어 육질 연한 애벌레를 먹는다
한낮에 이르러 병실 침대에선 욕창이 돋는다
생선가게 도마 위엔 등을 한번 휜 채 그윽해진
머리 없는 생선 잘려진 혈관이나 부레 같은 내장들이
혈안이 되어 바깥 세상을 내다본다
오후에는 책 몇 장 읽다가 덮어버린다
심심하면 낮잠이나 잘까 생각하다
옆에 서 있는 나무에 등을 부비곤 오줌을 눈다
푸른 하늘에 구름 몇 송이가 붉게 물들어서
저녁땐 바다를 보는 것 같다
잠시 지난날을 추억하다 꽃잎을 떨군다
지금 죽어야 내일 다시 피겠지
한밤중엔 장마비가 몰려온다
불빛을 향해 돌진하다 새벽에 힘없이 쓰러져간다
잠들었던 눈들은 아침이면 일제히
죽음처럼 눈을 떴고
조금 후엔 눈송이가 흩날린다
어디선간 삼천 년 만에 우담화가 피고
지금까지 없던 기억이 사람들에게 생겨나기도 한다

陵域

　　융건릉에 가서 나는 두 개의 혹성을 보았다
　　밤 하늘 날개를 펼친 페가수스나 아리아드네의 금관이 빛
나는 별자리를 따라
　　지상엔 무덤이 솟아 있다
　　늙은 나무들은 이백 년 전에 죽어 생성된 이 블랙홀 쪽으
로 조금씩은 휘었고
　　시간은 먼 서천으로부터 일그러져갔다
　　영원한 죽음의 표징이 최초에 세워진 시대에서 나는 멀리
떨어지지 않았다
　　그건 내 가난한 가족사에 몰려든 핍박을 벗어나지 못해
　　이렇게 중얼거리는 처지나 마찬가지 고통이다
　　저승에 지옥이 없다면 그게 여기 있기 때문이다

　　그러니 먼 훗날까지 살아남는 건
　　거대한 유방처럼 끊임없이 기억을 수유하는 무덤뿐이다
　　혹은 묘비명을 잃어버린 떠도는 혹성들

　　나는 어두운 숲을 등지고 들판에서 불어오는 바람을 맞이
한다
　　숲속에서는 내게 내리는 스산한 명령의 소리가 들려온다

대체 어디로 가라는 것이냐

바람은 어딘가에 나의 탁본을 떠놓고 있는 게 분명하다

이 능역을 벗어나 또다른 혹성이 된 사내를

나와 닮은 그에겐 눈물이 있다 감격이

있다 불행이 어쩌면 나를 기다리는 그리움이

이젠 서서히 무덤을 빨아먹고 꽃으로 피어날 운명인지도
모른다

그러므로 나는 조화(造花)에도 물을 줘보고

맑은 하늘을 헤엄치는 풍경 소리에도 혹 전달된 메시지는
없나 귀 기울인다

또는 낯선 땅에 이르러 문득 채이는 돌멩이 속에

내가 들어 있을 것만 같아

아무 돌이나 들어 한낮을 깨보곤 했다

천일의 악몽

1

해저 2만 리, 그런 방이다
저녁놀 지면 물기 젖은 유리창이 타오른다
선반에는 바다 밑에 가라앉은 유물들 가득
책꽂이에서 책을 꺼내면 후다닥 숨는 지느러미가 있다
그놈의 파동을 언젠가부터 느끼고 있었다
기억 속에서 멸종된 지느러미
잡을 듯하면 미끄러져 달아나던 안타까움
절망 절정 망각 나는 어느새 닻이 되어버린 목선이구나
스스로 발광(發光)을 해야 했다
미미한 물살에도 떠올라야 했다

2

북벽(北壁)에 이르면 바람이 갇힌다
사람이 갇힌다
빛살이 날아들면 곧 어둠에 묻혀버리고
길을 따라 정처없이 걷다 보면

어쩔 수 없이 영혼을 바칠 때도 있다
북벽에 모여들어 모두 끝이 된다
이곳에서 누가 마지막 숨을 들이켰는가
눈을 부릅뜬 채 누가
옹달샘이 되었는가 누가
영혼의 끝 어절을 주워담지 못해 꽃이 되는가
한 마리 연어처럼 가고 있는가

3

수면에 떨어진 빗방울은 파문 한 송이로 변합디다
하수구에 빨려드는 물길이 굵은 밧줄을 꼽다
사라지기 전에 한 번쯤은 다른 생을 살아봅디다
썩은 물에서 피어오른 거품이 무지개를 비추고
벌레 먹은 채 말라버린 잎새 둥글게 가을을 담아냅디다
세상을 변화시켜보려고 애쓰는 연금술사들입죠

4

해저 2만 리, 그런 방이다
지느러미를 찾지 못했다
가로등 노란 불빛이 어른거린다
어쩌면 물 밖 세상에 떠 있다는 태양일 수도
황금 지느러미가 파닥이는 걸지도
그러나 내 섬모를 건드리며 물살을 헤치는 지느러미는
지난날 멸종된 종족인 게 분명하다
망령된 것 나는 아마도
내 발끝을 쫓는 거다

월곶리에 가면

왜냐하면 월곶은
달이 닻을 내리고 잠시 머물다 가는 곳이거든
그녀는 월곶에 가보고 싶다고 했지만 썩 내키진 않는다
염전에 흩뿌려진 달빛은 인광처럼 번뜩이고
말없이 제방 위에 앉은 그녀가 두려웠는지도 모른다
바다 끝을 노려보다 나는 넋두리 같은 얘기를 중얼거린다
여기 처음 같이 왔던 여자가 말해주더군
잠시 머물 곳이 있으니 멀리 떠날 수 있는 거라고
정박을 끝내고 마악 떠나려는 달빛에 비쳐
파도에 부대끼는 해안선이 옆얼굴을 드러낸다
콧날 움푹하고 입술 투박한 그녀도 월곶을 닮았다
그러니 너는 몇 번을 환생하고서야 내게 다시 올 수 있었
던 걸까
달 한 덩이씩 빠져나간 쓸쓸한 나루터를 달고
우린 월곶에 간다

列島經

이를테면
태초 일년 백년 천년 만년……
은 잊혀진 세월을 태초부터 오늘까지 시간 순으로 늘어놓
은 것이다
이와 같이 어떤 규칙에 따라 늘어놓은 수들을 수열이라 하
고 각각의 수를 그 수열의 항이라고 한다

그래서 난 항상 새벽 세시에 육중한 무쇠를 싣고 다니는
트럭이
어디서 오는 것일까 생각한다 처음 보는 기계를 싣고
어둠 속으로 빨려들어가는 그 느린 행렬을 보며
멸망해버린 한 세상의 뼈대가 이 시대로 옮겨지고 있구나
생각하는 것이다
머리부터 썩어가는 공룡이 유조차 안에 묻힌 채
언젠가 살던 땅에 느긋이 배 깔고 있다 문득
초원의 바람에 다가올 종말 감지하던 날을
기억해내지 못한다
길가에 늘어선 나무들은 자라난 게 아니라
애초부터 심어져 있었으리라
그래 나는 언제부터 서 있었냐는 것이다

어디까지 이어졌냐는 것이다

　한편 무한히 많은 항으로 이루어진 수열을 무한수열이라
부른다

　나는 열도에 산다
　끝없는 바다를 가로지른 열도에 산다
　각각의 섬에 각각의 종말이 산다

고불

1

고불은 변산반도쯤에 있는 황무지다
거기 퍼질러앉아 가을 바다 바라보며 등 돌린
고불은 아름답다 고불을 찾아나선 사람들이 더러 있었고
그들의 생사는 아무도 모른다
어디론가 사라져간 자들은 조금씩 흔적을 지우며 살아온
자들이다
바람 속에 무덤 파고 몸뚱이보다 먼저 썩어버린 혼령을 묻
는다
이렇게 하늘 흐린 날 갑자기 사직서 내고 고불에 간 친구
도
만삭인 아내를 떠난 뒤 행적 모르는 그도
소금 서리 이슥한 언덕에 올라 몸뚱이를 절이고 있을 것이
다
허기지면 제 살 뜯어먹고 미쳐서 여울지는
붉은 노을 바다 속으로 인당수보다 더 쓸쓸한 고불 치마
속으로
이젠 잊혀진 사람들이 모여 있을 그곳으로 간다
어떤 부족은 튕겨진 파편처럼 아무렇게나 뿌리내리는 저

건너편으로

2

선인들이 배를 끌어 뻘에 올려놓는다
며칠 동안 파도를 뚫고 왔기에 저다지 반짝이는 눈빛일까
가까운 어촌은 어디에도 눈에 띄지 않는데
바다 속에서 불쑥 솟아난 그들은 육지를 일터로 삼은 모양
이다
그들의 출항지를 알아낼 재간도 없다
아주 오래 전 백제를 떠난 선인들이 있다고 했다
작은 그릇과 도자기를 실은 배가 바다 밑에서 발견되기도
했다
그들이 살림살이를 싣고 다시 돌아오고자 했던 곳
고불

달은 생철에 감겨 무지개 빛을 비춘다
여자들은 달을 보며 생리통을 앓았지만
혈흔은 보이지 않았다
철사를 둘둘 만 것 같은 아이가 태어났고
쇳조각으로 무장한 채 이미 어른이 되어 나온 자도 있다
꿈은 메말라 사막으로 변해간다
몸 안에선 그 무엇도 살아나가지 못한다
자유 희망 욕정 어디에도 접속되지 않은 단말기다
아름다운 추억에 대해 알고 있는 인간은
스스로를 불태워야 했다 타오르던 단풍은 낙엽이 되었고
나무는 긴 겨울을 숯덩이처럼 견뎠다
그러나 푸른 숲이 발견됐다는 풍문은 이젠 들리지 않는다
사막 한구석에 잡초 몇 줄기 모여 있다는 그 풍문
발자국 화석이 더러 남아 있다는 그곳
어딘가에 왜 있는지조차 모르는 고불 얘기 없다

해가 지는 마을

바람 가지 끄트머리에 둥지를 틀고 사는 이곳이
이 땅의 서녘이었다는 사실을
겨울 석양 무렵 산 그림자를 밟다 퍼뜩 떠올린다
지금쯤 동 트고 있을 이국의 어느 사원
마악 잠을 깬 동자승의 간밤 꿈이 여기가 아닐지
아까 해무리 근처를 지나가던 새는
몇 해 전인가 수리산에서 길을 잃었을 때 언뜻 스쳐보았던
새였다 분명
할머니 옛 얘기 들려주실 때 하늘을 날고 있던 새였다
때 이른 가로등이 켜지고 읍내로 가는 길에 계집애를 만난
다
너는 작년에 죽지 않았냐고 물어봤지만
여전히 건너편 산마루 양지 바른 홀 무덤엔 여명이 드리워
졌다
마을은 서서히 눈꺼풀을 덮어가고 있었다
어쩌다 마을에 들어와 막차를 놓친 이방인이
어슴푸레한 가로등 불빛에 비친 나를 잠깐 불러세운다
그가 보여준 젊을 적 사진엔 내 얼굴이 들어 있었다

귀환

몸살 기운이 있다며 그녀는 휴게소에서 쉬기로 하고 나는
구곡폭포로 향하는 그 씁쓸한 순례의 여정을 이어갔다
계곡이 깊어질수록 점점 문이 닫히는 이승의 입구로
느리게 빠져나가는 고래의 지느러미가 얼핏 보였다
길가에 쌓아놓은 돌무더기 속에선 누군가의 소원이 썩어
가고 있겠지
멀리서 얼음 갈라지는 소리가 울린다
이 궁륭은 휴게소에 앉아 지나간 생을 떠올리던 그녀가
품고 있는 알일지도 모른다
허튼 돌 하나를 들어 내 영혼 묻어놓을 봉분을 찾는다
한없이 가라앉는 매장을 꿈꾸며
안테나처럼 솟아오른 돌무더기들이 멸망의 끝까지 전송해
주길 바라며
계곡을 타고 흘러오는 까마귀 울음을 따라가자
거기 얼어붙은 폭포가 은사시나무처럼 절벽에 박혀 있었
다
하얀 살을 드러낸 물의 퇴적층에 나도 몸을 섞고 싶었다
바람이 궁륭의 갈비뼈를 훑으며 지나가고
어디선가 오르페우스의 하프 소리가 들려왔다
그 혹성으로 귀환하기 싫다고 너는 내내 중얼거렸지

휴게소에 잠든 그녀의 좁은 등 소슬거리는 해안에
나는 지친 고래처럼 머리를 얹는다

안개 속의 환생

어떤 우윳빛 플랑크톤은
산호초에 걸려 독을 견디다 못해
제 몸을 터뜨려버린다 하얀 점액이
바다 가득 퍼진다

아침에 아카시아 꽃은 짙은 향기를 퍼뜨렸지만
내 점막으로 스미는 건 쓸쓸히 흘러가는 오월의 분내
를 풍기며 어머니 옷깃을 여미고 매일 밤 늦게 귀가했지
나를 무채색 여백으로 남기고 떠난 그녀가 보낸
긴 편지 확 피어오르는 아득한 체취처럼
번지는 안개 속에 나 문득 서다

베란다에서 뛰어내리기 전 마지막으로 내뱉은 한숨이
한겨울 얼어죽은 노숙자의 한 방울 몽정이
취하여 휘청이던 어느 家長 바퀴에 치여 터진 뇌수
강물에 뿌리는 뼛가루 바람을 타고 흘러 흘러
이렇게 가득 퍼져 걸죽한 암죽이구나

어떤 고약한 플랑크톤은
산호초에 몸을 박고 제 목숨보다 더 오래 죽음을 견딘다

내 생보다 먼저 피는 곳

내 가고 싶은 곳은
전조등 한쪽 깨진 애꾸눈 트럭이
운전석만 남은 채 포장마차로 살아가는 저수지라네
트럭은 물 기슭에 나뒹구는 물고기 대가리처럼
삭아내리는 철골의 녹슨 눈물 흘리지
내 가고 싶은 곳은
트럭이 맨 처음 두 눈 가득 저수지를 담았을 때라네
산길 가득 등꽃 내음이 허리를 흔들며 넘실거리고
바구니에 하늘 인 여인네들
점점이 아리랑 음계를 밭에 흩뿌리는 마을
무꽃 배추꽃은 그래서 새벽별을 닮았나
내 가고 싶은 곳은
더이상 잊을 게 없을 성싶을 때
어느 날 내 그림자가 무덤에만 핀다는 할미꽃으로 보일 때
이제는 트럭 포장마차 푸성귀 안주에 깃든 여인네들
끊어낸 탯줄이 질기고 질겨 숨줄이 그토록 끈질겨
여기서 나 닮은 새끼나 낳아놓을까
나 닮은 바람 되어 등꽃이나 희롱하러 다닐까
그렇게 저수지 물 고이듯 내 生이 흘러드는 곳이라네

도서관에서의 추억

도서관에서 천천히 책장[1]을 넘기며 인간계를 관음하다
이 생애엔 일일이 주석을 달아야겠다고 생각했다
참으로 긴 혜성의 꼬리를 그 시원의 아련함을
나는 또 누군가의 생애인가
책장에서 흘러나오는 바람은 사막[2]에 한 획씩 글자를 새
겨놓는다
혹은 황도를 역행하여 과거에 없던 기억을 남기더라
도서관 뒤켠에선 수령 오백 년 된 음나무[3]에 아이들이 주
렁주렁 매달려 논다

1) 책은 차알스 램의 『엘리아의 수필*Essays of Elia*』(1823년~1833년 발
표)이다. 인생의 해학과 애수가 담긴 세련된 문체로 어린 시절의 추억,
문예평론 등을 다루었다.
　　나는 엘리아란 이름을 고등학교 때 처음 알았다. 그건 꿈속에서였는데
오색 무지개가 지붕 위에 나타나자 사람들은 엘리아의 빛이라고 말했다.
비슷한 이름으로 엘리야가 있는데 이는 만천 년 전의 이스라엘 예언자
로 유대인들은 메시아의 선구자라 믿고 있다. 엘리야는 메시아의 주석이
었다.
2) 여기선 과거 현재 미래를 가로지른 텅 빈 세상 또는 마음으로서의 사
막이다.
　　현세에서 행해지는 모든 작업은 똑같은 모습으로 어딘가에 기록될 것
이고 그로써 우리는 바람 불면 소멸하고 새로 돋는 사막의 모래산처럼
존재한다.

3) 엄나무의 방언. 자동, 총목, 해동으로도 불리는 두릅나무과에 속하는 낙엽 교목. 잎은 심장 모양이며 열매는 10월에 검게 여문다.
  그것은 열매 몇 개 잉태하기 위해 수많은 심장을 갖고 있는 형상이다.

열람실 구석진 창고에선 썩어가는 시신이 발견됐는데
어디서 온 누군지 도무지 알 수 없었다.
벽에는 이런 낙서가 씌어 있었다.
더긔나 다믐 자드댜
지나간 날들은 재빠르게 배열을 바꾼다
인간계에 온 지 삼십 년이 되었지만
그건 단지 삼 초 만의 비극일 수도 있다
그러니 너희가 나를 아느냐

금광 저수지에 내리는 눈

우린 저수지 마주 보이는 언덕에 도착했다 낯선 새 울음이
수면에 꽂히자 물결이 일었다 저수지는 귀를 열고 지나가는
세상을 엿듣는다 물가엔 며칠 지난 신문이 떠올랐다 뗏목이
산 그늘 속에서 미끄러지더니 사공이라도 탄 듯 바람을 거슬
러올라가다 사라진다 구름이 흘러가고 어둠이 배어든다 저
수지는 그렇게 속내를 보이지 않았다 저것 봐요 저 속에 살
고 있는 사람들을 그리워한 적 있나요 저 심연에 그녀는 갑
자기 흐느끼기 시작했다 추억할 만한 전생이라도 있을까 떠
올려봤지만 우리에겐 남아 있는 게 없었다 단지 바람에 흩날
려 저수지 밑바닥까지 산산이 뿌려지는 인광(燐光)을 북망수
에 뿌려지는 고운 살 송이를 첫눈처럼 맞고 있을 뿐이었다

방주

지붕엔 빗물이 떨어졌다 빗물이 샌다 이불을 적셔도 식구들은 잠을 깨지 않았다 지붕 고치러 올라간 아버지는 발 헛디뎌 죽었다 지붕엔 뿌리내리지 못한 민들레 홀씨가 뒹굴었다 지붕엔 바람이 솟구치다 미끄러졌다 지붕엔 벗겨진 신발 한 짝 쓰러져 있다 지붕엔 말라죽은 나뭇가지가 어쩌다 꼿꼿이 서 있다 지나가던 비닐이 걸려 만장처럼 휘날린다 지붕에 앉은 낙엽이 썩고 흙이 쌓이면 민들레꽃이 핀다 지붕에서 도둑고양이는 구멍을 통과한다 도둑고양이 다시는 안 나온다 지붕의 내장을 파먹고 산다 지붕은 축 처진 날개를 퍼덕이지 못한다 지붕 아래선 유언도 못 남긴 식구들이 입에서 입으로 뿌리를 박고 있다 식구들은 항상 지붕 밑으로 모인다 지붕은 기도하는 손깍지처럼 세상에서 가장 절실하다

내림生

아내는 피혁 공장에서 나는 고약한 냄새를 못 견디고
창문을 닫는다
뼈와 살을 잃은 가죽이
냄새로나마 코를 찌르고 들어와
사람의 허울을 쓰고 싶은 건 지독한 한이 서려서리라
그러나 나는 냄새를 맡지 못했다
어떤 냄새도 느껴지지 않아
더운데 창문을 닫는다고 편잔만 했다
내 몸은 이미 알지 못하는 넋으로 가득 찬 것이다
가끔 피우는 향내만큼은 맡을 수 있으니
어딘가에 내 명복을 비는 젯상이 차려졌을 법도 하다

수암 가는 길 3

한적한 길
차를 태워달라는 여인 세 명 태우고
안개 속을 달렸다
물왕 저수지쯤에서 내린다는 말을 듣고
문득 연못 메워 지었다는 미륵사지가 떠오른다
저수지엔 이미 법당을 거니는 물고기들이 그득하다
한평생 눈 부릅뜨고 물 비친 산숲을 끼고 돌며
바람결에 흩어지는 물살에도
사는 법 깨닫는 물고기들
안개 속 사라진 미륵 삼존 너머로 흐느적거린다
저수지에 잠시 머물기로 했다
어디 가려고 했지 나는
당간 지주처럼 저수지 입구에 서서
계속 가야 할 여생은 다 저수지 속으로 메워버리고

북해

북촌에는 북해가 있다
잉카 제국 보물을 싣고
스페인으로 가다 침몰했다는 보물선이
산 위에 얹혀 있는데
지금도 북해를 건너오는 것들이 많다
익사한 시체는 해안에 닿으면
북촌으로 이어진 길을 걸어간다
어느 해인가 사라졌던 청년이
늙어서 돌아온 적이 있다
그의 말에 따르면
북해 건너 세상에서 사라져간 모든 게
북촌에 다 있다고 했다
북촌 사람들은 가끔
북해를 바라보며 기억을 되살려보지만
검푸른 물살을 헤치고 나타난
젖은 종이배보다 더 쓸쓸해지기만 했다

미래에의 추억

나에겐 조그만 어둠이 있다
나에겐 견고한 어둠이 가슴속에 박혀 있다
새어나가지도 못하고 영원히 내 안에 깃든 지옥이
지루한 일생을 보내고 있다
어느 떠돌이 점성가는 늘 입버릇처럼 중얼거렸다
가장 슬픈 별은 어둠을 삼키며 산다고
나에겐 종말에 대한 추억이 있다

地下鐵路線 地下經

플랫폼에 내렸지만 마중 나온 이는 없었다
반들거리는 타일에 초원을 달려온 말 한 필이 서 있을 뿐
이었다
지하철 13호선 수암역에는 출구가 없다
가판대 신문엔 어딘가에 새로운 역이 생긴다는 기사가 일
면에 실렸다
언덕빼기에 남았다던 마을이 들어앉은 모양이다

승객들에게 노래 부르며 구걸하는 눈먼 노인은
머나먼 시절의 전설을 들려주는 음유시인이다

고향이 그리워 행복했던 추억 잊혀지고
잊혀지고……

노인은 다음 칸으로 건너간다 한 세기를 건너뛴 듯
노래는 점점 아득해진다 노래는
그러나 언젠가는 저 끝에서부터 다시 들려올 것이다
노인은 바구니를 책처럼 들고 고향을 노래할 것이다

나는 지하철에서 만난 여자에게 말을 건넨다

어떤 역에 가면 지상으로 나가는 출구가 있다는데
어느 역이건 계단은 있어요
진짜 하늘이 보이는 출구 말이지
옛날엔 그랬다죠 무뚝뚝하게 말하는 이 여자를
내일은 내가 마중해야겠다
지하철은 다음 정거장인 수암역으로 향하고 있었다

地下駐車場管理人 許氏 地下經

또 한 대의 차가 미끄러지듯 들어와 주차대에 올라선다
철골 카타콤에 차곡차곡 쌓인 차들이
조용히 지상으로의 부활을 기다리는 사이
허씨는 古書처럼 낡은 수첩에 주차일지를 쓴다

여기 살면서
몇번째 겨울이 지났는지 세어보는 것도 포기하다
천장에 달린 미등 꺼진 적 없으므로
언제나 백야 들어온 지 하루 만에
머리가 하얗게 센 듯도 하지만 확인하지 않는다
오늘 지하 4층 벽을 뚫고 나무 뿌리 들어오다

저승길 노잣돈 내고 차들은 계속 하관식을 치른다
허씨에겐 저 위에 높은 빌딩의 묘비가 서 있고
늘 부장품이 굴러들어오는 이 주차장이
세상에서 가장 나중까지 피어 있을 무덤꽃이다
허씨는 한없이 뻗친 주차장 허구렁에 물을 뿌린다

남아 있는 생애

그걸 잔상 효과라고 하지 아마
생나무를 무덤 가린다고 잘라냈는데
둥지 틀었던 새들이 앉을 자릴 찾아 맴도는 거
머리를 잘리고서도 잠시 퍼덕이는 생선
불에 그슬리던 개는 생각난 듯 일어나더니 묵묵히 걸었지
지독한 놈들이라고 중얼거리며 그는 가게문을 닫았다
평생 밭 부치던 아버지는 악다물고 내지르던 호미자루를
부장품 삼아
밭머리에 묻혔지
초생달이 떠오르면 밭을 매는 아버지 그림자를 본 듯도 했
다
아직도 남아 계신 건가
그는 새벽 두시까지 가게를 지키다 잠이 들곤 했다
요즘엔 부쩍 우울한 얼굴로 서성이는 사람들이 많아 보인
다
그러던 어느 날은 거무죽죽한 얼굴을 하고
가게문을 닫고 있는 자신의 얼굴도 보였다

황진이

밤 한시 노파는 유모차를 끌고 어김없이 나타났다
일부러 휜 듯한 등을 잔뜩 웅크리고
버려진 상자들을 주워 유모차에 싣는 시간은 너무 느려서
하루 갈수록 느려져서
나는 노파의 등뼈가 고요한 밤길을 울리며 굳어가는 소리
까지 듣는다
노파는 가까스로 허리를 펴고―등은 여전히 굽었다
키보다 높은 상자더미 위에 상자를 올려놓는다
다리 위에 덤으로 얹힌 듯한 상체가 저렇게 진화하기까지
노파는 어디로 상자를 실어나르는 걸까
어둠 속으로 사라져가는 뒷모습으로 밤은 깊게 함몰한다
곧 어둠이 밀려들어 메워지고
노파는 때맞춰 나타나 느린 시간을 살다 가는 것이다
언젠가 뻣뻣이 굳은 채 아침을 맞이하겠거니
섣불리 예언할 수도 있겠지만
그러나 어디선가 상자를 다시 네모지게 다듬어놓고
한 상자에 한 밤씩 지난밤 담아 쌓아두고
아 노파는 밤 한가운데를 퍼담아 가는 거다
겨울에서 봄으로 다시 여름으로
밤은 줄어들고 천고의 그리움이 사무쳐올 때

한 밤씩 풀어내어 느리디느린 손춤이나마 추어보려는 거다
노파는 상자 속에 누워 잠깐 눈을 붙인다
가을밤은 점점 길어졌다

묵시록

한 아이가 논두렁을 뛰어다니며
개구리를 잡아다 닭 먹이로 주고 있다
개구리 뒷다리는 익룡 입 같은 거대한 부리에서
허우적거린다 머리를 씹어먹히면서도
곧 따라갈 수 있을 거라고 하반신은 생각한다
팽팽한 뒷갈퀴 흘러내리는 오줌
아이는 신기한 듯 바라본다 아무렇지도 않게
벌거벗은 아이 홀로 닭장 앞에 서 있다
아직 배고픈 닭은 작은 머리의 아이를 바라보고
아이는 닭을 향해 장난감 나팔을 불었다

호모 나무쿠스 생존기

삼십 년 된 버드나무가 잘려나간 뒤에도
밤이면 바람결에 수군거리는 나뭇가지 소리가 들렸다
나가보면 나무를 비춰주던 허연 달에
나뭇가지가 팔 벌리고 새겨져 있다
벌써부터 저 달나라로의 이민을 준비했는지도 모른다
둥지를 찾아온 새들은 영문을 모르고 맴돌다
기우는 달을 향해 날아간다
잘려나간 밑동에는
정강이뼈가 박혀 있었는데
이놈도 언젠가는 사람이 됐을 요물이라고들 했다
그래서 사람 자릴 넘본다고
밑동에 새싹을 피우며 가지가 솟았다
나는 어쩌면 우리 조상이었을 가지를 마저 끊어낸다

겨울 셔터

얼어붙은 강은 처박힌 나무 등걸의 목을 옥죄어든다
강바닥까지 내비치는 낚시 구멍 역시 얼어붙어
간밤에 술 취해 구멍 속으로 빠져버린 낚시꾼이 살아났는
지는
아무도 모르는 채
물 밖으로 통하는 모든 입구 빠르게 내려앉은 상처 딱지가
되고
은빛 얼어붙은 강
더운 물줄기 뽑아내려고 산허리에 꽂힌 창
여기선 뜨내기 바람조차 소리 소문 없이 사라져버린다
강은 잔인한 식탁을 차린다
얼음이 풀리면 지난 가을 담아놓은 산그림자
고스란히 내뱉어놓으려고
또는 그저 봄나무를 살찌우기 위해
그러다 강둑에서 나물 캐는 할머니들
처녓적 추억이라도 떠올려주려고
얼음이 풀리면 반쯤 뜯어먹힌 시체가 떠오르기도 한다
저 두꺼운 겨울의 셔터를 두드리다 사육제의 제물이 된

靈媒

하루는 이렇게 내뱉는다
생나무 베어냈으면 집이나 한 채 지어놓지
언놈 화장터에 갖다 바쳐
자작나무였다
또 이렇게 중얼거린다
이 몸구석도 썩은 내가 진동하는구나
간신히 하수구를 빠져나오다 죽어버린 바람이었다
차에 치여 머리가 사라진 개는
아무 기억도 떠올리지 못했지만
내 뱃가죽은 자꾸 근질거렸다
여전히 탱탱한 젖이
어미 기다리는 새끼들을 향해 꼿꼿이 치솟아 있었다
날이 갈수록 얼굴이 창백해진다
하늘에선 하현으로 접어드는 반달이 흐르고
갯벌에선 고기잡이 나가 돌아오지 않았던 어부들이
걸어나오기 시작했다
저들은 모두 살아 있는 육신을 얻을 것이다
때론 저승조차 허울을 뒤집어쓴다
쓸쓸히 오장육부를 떠도는 내 안의 저승

鄕愁

산그림자가 저수지에 새겨지는 아침
낚시꾼 허씨는 중얼거린다
물 속에 산이 솟아오른 거지
물 속 산이 비친 게 저 산인 거지
곧 입을 다문 채
자맥질하는 잉어 비늘 반사되는 햇빛을 보며
기억의 플래시를 터뜨리는 모양이다
저 둥근 산은 바다에서 올라오다 멈춘 고래라고
언젠가 말할 때는 눈망울에 향수가 어렸다
나는 허씨의 목덜미에서
햇빛에 번득이는 비늘을 본 듯도 하다
문득 물 속에서 제 얼굴을 비치곤
후다닥 달아나는 물고기가 보였다

살생부

그대와 걷던 길을 되짚어 갑니다
하루 세 번 열리는 제부도 물길 따라
황하에서 시작하여 서녘 모든 바다를 일으켜 밀려오는 비
바람이
실은 내 일생을 제물로 바치고 불러낸 것이라고
고백합니다
개펄에는 그대와 거닐었던 발자국이 씻기지 않고 남아 있
습니다
섬 하늘에 뜬 구름처럼
쉬 잊어버리고 연화대 꾸며 가부좌 틀 수 있다면야

그대에게로 가는 물길 따라
꽃잎 같은 발자국을 흩뿌립니다

서른세 살

창틀을 가로질러 새 한 마리 비껴가고 있었다
　태어나 단 한 번도 지상에 내려본 적 없다는 새를 방금 본
것이다
　흐린 날씨 탓에 침침한 거실은
　흑백 영화에 나오는 어느 배처럼 좌초되어 기울어졌다
　이렇게 흘러가는가 싶었는데
　소파에 아무렇게나 앉은 아내만 노랗게 피어 있었다
　꿈꾸고 있는지도 몰랐던 아내의 꿈을 향해
　세상의 모든 색깔이 몰려들고 있는지 모른다
　아무 말 없이 창 밖만 바라보며
　난파선의 승객은 침몰을 기다린다

단지
어느 먼 곳으로부터 날아왔을 그 새가 위안을 줄 뿐이다
내가 저것 좀 봐라고 나직이 말했을 때
아내는 잠깐이나마 미소를 지었다
입가에서 살짝 흘러나온 놀빛이 창가를 노랗게 물들였고
나는 태어나 단 한 번도 지상에 내려본 적 없는 새를
　한 마리 더 보고 있다

오이도에 해가 지면

방조제 위에 서서
지금은 사라진 모래밭이나 해안선을 떠올리다가

조개탕에 소주 마시던 포장마차는
붉은 해 그림자 속에 가물거릴 뿐

오이도의 파도가 그리운 사람들은
쓸쓸히 내륙으로 휩쓸려간다
몇십 년 뒤엔 저 해안선도 듬성듬성 무너지겠지

2월의 祭儀

아침 안개 사라질 무렵 낯익은 뒷모습이 눈에 스친다
그녀는 십일 년 전 죽은 사람이다
안개 속에서만 피어나 살고 있었다니
하루 종일 등이 쑤셔 나는
어느 폐가에서 주워왔다는 궤짝을 꺼내 천천히 쪼갠다
어느덧 말갛게 갠 서녘에 저녁 노을이 비치고
대추나무 베어낸 자리엔 굵은 대추알 매단 나무 그림자가
서 있다
정월 제숫거리는 저 대추부터 올려야겠다
장독에 담긴 노을이 거무룩하게 익어갔다
앞산 골짜기에서 불어오는 바람에선 곰팡내가 났고
젖무덤모양 봉긋한 산이 고분이라 여겨졌다
그러고 보니 마천루를 맴돌던 까마귀도
안개 끼면 제물로 바친 온몸 가득 봄꽃 피워내는
썩은 고깃덩이에 대해 선대로부터 전해 들은 얘기가 있을
지 모른다
아침 안개 사라질 무렵 마당에서 떠오른
어디서 지내본 듯한 내 일생이었다

오래된 타자기의 겨울

몸 구석에 쌓이는 먼지에 불경이라도 써넣을까
십 년 넘게 면벽했으니 제법 열반에 들 만하다
첫눈이 내렸다는 소식을 들으면
아무래도 마지막으로 쳐냈던 활자처럼 눈밭에 종지부를
찍고
걸어가야 한다 백지 같은 눈밭에 애증이라고 쓰며
손때 묻은 자판에서 가장 아름다웠던 온기를 더듬어가자
살 곳이 마땅치 않아 지하철에 내장을 드리우고 누워 있는
공룡처럼
아무리 품어봐도 부화하지 않는 이 곯아버린 혹성처럼
습기 찬 다락에 처박혀
훗날 남방 바다에 이르면 태풍이 될 최후의 한숨을 쉬자
지나가는 달 표면에 유서처럼 상형문자를 찍어내자
바람에게 부탁하여 오래 전 새겼던 비문의 탁본을 뜨게 하
고
어느 먼 먼 시대에 이미 모든 活字가 죽었음을 기억나게
하리라
하얀 아침 눈밭에 검은 눈동자를 부릅뜬 채 입멸하리라

찻잔 속에 사는 안개나무

가물거리는 잠자리 날개가 보였다
어느 고생대의 서슬 퍼런 화석처럼
녹차 가루 파고든 찻잔 갈라진 절벽에
잠자리가 날개를 펴고 있다
다른 찻잔 우듬지에는
쩌억 등이 갈라진 거북이 살고 있다
바닥이 훤히 비치는 바다를 한 오백년 노닐다
사방 가득 갑골문자로 海經을 새겼다
기웃거리는 놀빛 따라 수면에 얼굴을 비춰보지만
나는 아사달의 무영탑이었는가 보다
안개나무 한 그루만 희뿌연 가지를 펴고 서 있다
가느다란 뼈대가 꼭 메마른 나를 닮았다
언젠가 불길로 우려낸 내 뼛가루 바람에 흩날리다
이 갈라진 찻잔 속 틈바구니에라도 살아보자고
소소 소소(疎疎 疎疎) 파고든 것이다

冬蟲夏草

마당에는 들국화가 피었다
이맘때쯤 꽃이 피는데
하는 사람들의 생각이 저렇게 꽃을 피운다
동시에 수수만년 동안의 모든 들국화가 피어난다
또는 날아다니는 잠자리떼를 바라보며
이젠 정말 가을 오겠네
라고 중얼거리는 순간
불어오던 바람 속에서 가을이 쏟아지고
누군가는 세상을 다시 써내려가기 시작하며
우리는 벌써부터 앞날만 기억하고 있었는지도 모른다
아침 나절 머릿속에는
그때까지 꾸었던 모든 꿈들이 떠올라 있었다
갑자기 백발이 성성하다

與天地無窮 어딘가에 그렇게

불과 두 시간 전 나는 수락산 등허릴 타고 내려오다 강가
에서 안개를 만났다
안개 한자락쯤은 소박 맞은 여인처럼 따라왔을 것이다
이 보쌈을 어떻게 할까 궁리하다
문득 집에 이르러
주춧돌에 쓰인 일천구백칠십칠년 시월십일 완공이라는 글
귀를 읽는다
모두가 얼마 안 된 일이다
남미에선 아직도 물 위를 걸어다니는 도마뱀 바실리스크
가 있고
날아갈 듯한 공룡 발자국이 바위에 새겨진 지도 얼마 안
됐다
현관을 채 닫기도 전에
보도블럭 사이로 간신히 돋은 풀 한 포기에 앉아 都心을
닦고 있던
풀벌레 소리가 들린 것도 같다
내 안개 숲을 헤맬 적에도
벌써 여기서 한 소식 흘려내고 있었구나
이 집에 이사 온 지 몇 달 되어가는데
방에 들어서서 장판에 찍힌 침대 받침 자국을 처음 발견한

다

　　전에 살던 사람의 흔적이 모질게도 지워지지 않는다
　　나는 그 多産을 기원했을지도 모를 문양을 쓸어보다
　　슬쩍 십장생 수놓은 카펫으로 가려놓는다
　　얼마 전까지 여기 살다 떠난 강제 이주민이 떠오르고
　　창 밖엔 수락산 쪽으로 안개처럼 사라지는 새가 있다

殺陣

조각가가 바위를 깨뜨려 보니
그 안엔 한 가족이 살고 있었다
어느 등산객이 암벽에 오르다
갈라진 틈을 우연히 들여다봤는데
안에서도 그를 바라보는 눈이 있었다
계곡에선 사람 모양을 한 바위 속에서 소금기 있는 물이
새어나왔다

北天

회색 하늘 떠 있는 북촌에
줄창 비가 내린다

다들 집 안에 틀어박혀
하염없이 창 밖만 내다보고

자꾸 작아지는 느낌 견딜 수 없어
고독해지다 못해 육신이 사라진 것만 같을 즈음

어느 노학자가
저 회색 하늘은 유에프오라고 발표했다

믿기지 않았지만
자신들의 연원을 생각하면
조금은 씁쓸해지는 것이었다

북촌의 심령술사

어느 날 심령술사에게 사진 한 장을 들고 찾아갔다 집안에
불화가 그치지 않아서 도대체 사는 게 사는 게 아니었다 그
는 사진 속의 아버지 얼굴을 자세히 보더니 혀를 찼다 아버
지가 다른 여자와 사귀어 배다른 여동생을 낳았는데 그 여동
생이 지금 건넛마을서 어느 노인네와 산다는 얘기였다 실은
그 노인네가 전생의 난데 나는 전생에 아버지의 빚 독촉 때
문에 울화병에 걸려 죽었다고 했다 나는 심령술사가 가르쳐
준 노인을 만나보았다 노인의 아내는 참 예뻤다 행복한 그네
들에겐 다 큰 아들이 있는데 심령술사 말대로라면 그 아들의
삶은 내 후생이었다

유배

어쩌면 내 살내음이라도 그 시대에 남아 있을지
어쩌면 음성사서함에 남긴 내 목소리라도 듣고 있을지
나를 데려가달라고 말했던 그 절규를
아이들이 비석치기 하며 노는 사소한 돌멩이 속에 묻어놓
은 건 아니겠지 갯벌에 파묻혀 녹슬어가는 폐선은
그러나 믿고 싶지 않지 나를 향해 간신히 닻을 내리고 나
서야
아련한 하늘로 뱃전을 세우며 꼿꼿이 서버린 마지막 구조
선이란 걸
몇몇의 마른 섬들이 실은 내게 반송된 추억이란 걸
앙상한 나무에 걸린 녹음테이프에선
머언 먼 기억이 바람결에 재생되고
빛바랜 현수막에 씌어진 희미한 전갈
대체 언제까지 참으란 말인가
나의 이 쓸쓸한 추억 속에서

7천 년 派

이건 참 난감했다
터미널에선 이 땅에 처음 발 딛은 여행객이 갈 곳 몰라하
고 있다
그도 나와 생각이 같았을 것이다 시가지 안내판을 노려보
다 숲을 발견하곤 아마 그리로 갔겠다
원시동에서 매미는 7년 만에 울고 말았지만
시청 지적과에 매미 사는 구역은 기록돼 있지 않다 아무도
모르는 생애는 분명 있다
북쪽으로 십 리쯤 돌아가면 나무 한 그루만 서 있는
숲이 있다고 지적과 아는 후배가 귀띔해준다
출처를 알 수 없는 지리지를 덮으며
그는 아파트 단지에 꽂힌 유에프오 모양의 물탱크를 감시
하곤 했다
배씨 가문 집성촌 위로 일단의 까마귀가 날아갔다
대신에 나는 동시 상영 영화관 쪽으로 돌아선다
간판에 그려진 여배우 거대한 젖가슴이 모계부족에 대한
그리움인지 두려움인지를 느끼게 했는지는 모른다

왕조가 자리를 잡고
환웅과 웅녀의 아들인 단군이나 태양의 아들인 파라오가

역사책에 실리면서 인간은 오래 지속되었다
  그러나 인간의 무리는 오직 빙하기 얼음 속에 푸르른
  무성한 숲에서만 영원하다 네안데르탈 오스트랄로피테쿠
스 생존했던 자들

  한꺼번에 쏟아져나오는 환승역의 인파를 보며
  이건 어느 종족일까 궁금했다
  먼 능선 아래로 한 무리의 코끼리떼가 몰려갔다
  뒤를 이어 스모그 사이로 아련히 솟은 봉우리를 싣고 느릿
느릿 사라지는 낙타
  7천 년 말기에 접어들면서 나는 이 땅에 처음 발 딛은 것
처럼 막막하다
  이제는 끝에 와버렸다는 걸
  실은 전혀 딴판으로 생겨먹은 세상이
  어딘가에 이어져오고 있었다는 걸 시청 지적과는 알지도
모른다 해도 밝힐 수 없는 게 그들의 계약일 터다
  그건 저 건너편 한 그루 무성한 숲이 잠식해오지 않는 거
와 마찬가지다
  (어쩌면 아파트 단지 위를 날다 추락했을 수도 있겠다)
  이대로 또 한 세기를 넘겨야 할지 난감했다
  가끔 그런 표정을 짓는 종족도 발견됐다

하늘을 날았던 기억

　어느 날 나는 낯선 편지를 받았다

　오래된 책에서 당신 글을 읽었습니다 망원 렌즈 장착이 가능한 독일제 카메라를 들고 깊은 산 골짜기를 헤매다 찍어 갔다는 새 이야기요 저희 마을에 오셨다 간 거더군요 어머니는 생전에 당신이 오실 거라고 항상 일러주셨습니다 어머니가 처음 만났던 당신은 무거워 보이는 카메라를 어깨에 비스듬히 걸친 청년이었답니다 제가 사는 시대엔 남아 있는 옛날 이야기가 별로 없습니다 너무 멀리 떠나온 겁니다 할머니한테 듣던 그대로의 모습으로 나타나신 당신은 어머니와 오랫동안 같이 사셨답니다 모두 잊으셨나요

　주소는 지워져 보이지 않았다 내겐 새를 묻었다는 무덤 사진이 한 장 있을 뿐이다

高談市

북촌에는 고담시가 있다
단 한 그루라는 단풍나무 붉은 잎 듣는 소리가
광장을 가로질러 달려간다 부름을 받고
서둘러 떠가는 추억같이
오늘도 시내에 우뚝 선 박물관은 한산하기 그지없다
박물관에 가면 옛날 사람들이 가축을 길렀거나
자동차라는 이동수단을 갖고 있었다는
다소 낭만적인 사실을 알게 된다
(고담시에선 동물을 식탁에서만 볼 수 있고
그저 걸어서 이동하는 게 유일한 방법이다)
좀 떨어진 곳에 어느 시대 양식인지도 모를
오래된 사원이 있는데
거기 수도자들은 바깥 출입을 안 한다
가끔 소년 성가대 합창이 들리지만
고담시엔 원래 어린애들이 살지 않는다
시청에 걸린 커다란 시계가 열두시를 가리킨다
이때가 되면 자동차 소음 시끄런 대화
비명 폭음 바람 소리 푸른 숲 너른 황금 들
네온사인 날아다니는 차 한꺼번에 나타났다
사라진다 고담시는
그것들 부스러기다

滅族

저 끝이 갈대밭이었지
들판을 가로질러 산 너머로 몰려가는 바람을 바라보던 곳
장례를 마치고 삽을 멘 채
지나가는 인부들도 있었어
버드나무가 여전히 부드러운 봄 가지를 하늘거리듯
그들은 오래 살 것같이 보였어
둘러보고 말 뿐이지
더이상 기억 나는 게 없는 거야 그게 즐거워
맘만 먹으면 갈꽃을 피워내고
인부들도 살려낼 수 있거든
가족들이 식보를 깔고 뜨락에 누우면
山寺에서 울리는 풍경 소리에 물결 일어 간지럼 타는 오후
를
나머지 생에게 빼앗길 순 없거든
들썩이는 상여머리처럼 바람이 산숲을 쓸고 가면
바람 속에 묻혀야겠어
바람 속에서 옛 분들 좀 만나야겠어

시간의 미궁

오형엽(문학평론가)

기억이란 무엇인가? 흔히 우리는 지난 일을 잊지 않고 외워두는 것, 또는 그 내용을 기억이라고 말한다. 그렇다면 기억은 단지 지워지지 않고 뇌리에 남아 있는 과거의 경험일 뿐인가? 우리는 두 가지 측면에서 이 상식적인 기억의 개념을 수정할 필요를 느낀다. 첫째, 우리가 기억할 때, 기억되는 내용은 순수한 과거의 경험일 수 없다. 기억하는 순간 그것은 기억하는 주체의 현재적 양상에 의해 재구성되기 때문이다. 다시 말해, 기억은 이미 현재화된 과거이다. 둘째, 기억은 뇌리에 각인될 뿐만 아니라 신체에 부착된다. 시각·청각·촉각·후각·미각 등의 감각작용을 통해 신체에 부착된 기억은, 무의식의 심연 속에 가라앉아 있다가 어떤 계기에 의해 문득 그 흔적을 드러낸다. 그러므로 기억은 의식의 차원뿐 아니라 무의식의 차원을, 과거의 체험뿐 아니라 미래의 예감을 포함한다. 신체는 과거의 흔적이 남아 있을 뿐 아니라 미래의 싹이 움트고 있는, 시간적 공간이기 때문이다.

이러한 사실을 인정한다면, 기억은 기록된 과거와 예언된 미래의 합치에 의존한다고 말할 수 있을 것이다. 과거를 수정하고 미래를 참작하면서 지속되는 기억의 정체는, 그러므로 과거-현재-미래로 진행되는 순차적인 시간의 질서를 붕괴시킨다. 직선적 진보의 개념은 근대적 시간관의 토대를 이루는데, 이는 시작과 중간과 끝을 상정하므로 태초와 종말의 사유에 근거하는 기독교적 시간관과도 상통한다고 볼 수 있다. 따라서 묵시록적 사유를 포함하는 직선적 시간관의 연원은 더 오래된 것이다. 또한 '시간'이 지배하는 현실과 그 너머의 '영원'을 구분함으로써 현세와 내세를 설정한 것은 더 오랜 인류의 전통이 될 것이다. 그렇다면 기억에 대한 새로운 인식은 기존의 시간 개념을 넘어서는 새로운 시간의 길을 열게 될지도 모른다. 윤의섭이 이번 시집에서 보여주는 놀라운 상상세계는 이러한 새로운 기억의 방식에 근거하고 있는 것으로 보인다.

저수지에 남기고 온 그녀는 오랫동안 소식이 없다
혹여 받지 못한 전화에도 떠돌아다니다
받지 못한 편지에도 얼마나 괴로웠던가
그러나 살아남은 자에게 무서운 건 지워지는 기억이다

그녀가 지방 어느 밥집에서 일한다는 소문도 잊어버리고
나는 문득 한 여자와 결혼했다
그래 살아남은 자에게 무서운 건 지워지는 기억이다
나는 문득 한 여자를 그리워했다

—「물의 默示」2연

'기억'의 모티프를 중심으로 전개되는, 이 시는 윤의섭이 새로운 단계의 시적 세계로 진입하는 문턱을 보여준다. 인용되지 않은 1연에서, 화자는 "그녀"를 태우고 고기리 저수지로 달려간다. 물비늘마다 해 뜨고 저물어간 날짜가 새겨져 있는 저수지 앞에서, 열아홉 살의 그녀는 제물처럼 넋 놓고 서 있다. 과거시제로 제시된 1연 다음에, 인용한 현재시제의 2연이 이어진다. 저수지에 남기고 온 그녀는 오랫동안 소식이 없고, 나는 괴로운 방황과 망각 속에서 한 여자와 결혼을 한다. 두 번 반복되는 "살아남은 자에게 무서운 건 지워지는 기억이다"라는 문장은 기억의 상실이 주는 두려움을 표현하고 있지만, 그것이 놀라운 충격을 주지 않고 담담하게 읽히는 이유는 우리의 일상이 이러한 단절과 망각의 시간성 속에 놓여 있기 때문일 것이다. 이 문장 앞에 각각 붙여진 "그러나"와 "그래"라는 상반된 접속사는, 현실의 시간성에 저항하면서도 굴복할 수밖에 없는 우리의 자화상을 보여준다. 여기서 시인은 일단 단절과 망각의 현실적 시간이 지닌 비극성을 인식하고 받아들이는 것처럼 보인다. 그러나 "나는 문득 한 여자를 그리워했다"라는 문장 다음에 이어지는 3연은, 윤의섭이 이 비극성을 어떻게 전환시키고 있는지를 보여준다.

　　나는 고기리 저수지로 달려간다
　　그녀는 저녁 햇살 꽃잎처럼 떠오르는 물비늘에
　　먼 훗날을 새겨넣고 있었다
　　그녀는 내게 저녁밥을 지어주며 웃는다
　　겨우 열아홉 살 우리가 살았던 모든 시절이었다
　　　　　　　　　　　　　　　　　　　—「물의 默示」3연

　여자가 그리워 저수지로 달려간 화자는, 그곳에서 다시 그녀를 만난다. 그녀는 "물비늘에／먼 훗날을 새겨넣고 있었다". 과거시제로 서술된 "새겨넣고 있었다"는 이 장면이 과거의 상황임을 표시하고 있다. 화자가 찾아간 저수지는 그녀와 함께 달려갔던 열아홉 살 시절의 과거의 공간인 것이다. 그런데 "먼 훗날"을 새겨넣고 있었다는 것은 "해 뜨고 저물어간 날짜가 새겨져 있"는, 즉 과거를 기록하고 있는 1연의 "물비늘"과 비교하면, 미래를 예언하고 있음을 보여준다. 결국 화자는 과거로 되돌아가서 미래를 예언하고 있는 물비늘을 본 것이다. 그리고 "겨우 열아홉 살 우리가 살았던 모든 시절이었다"라는 마지막 문장은, 화자가 그곳에서 그녀와 함께 현실의 삶을 마감하였음을 말해준다.

　그렇다면 화자는 이 지점에서 두 갈래의 생을 지속해온 셈이 된다. 열아홉 살 때 그녀와 함께 고기리 저수지로 달려가서 "제물처럼" "바쳐진" 생이 하나라면, 또하나는 그녀를 저수지에 남기고 온 후 방황과 망각 속에서 문득 한 여자와 결혼하고 살아온 생이다. 이것은 단 하나의 생의 행로만 존재하는 것이 아니라, 다양한 가능성의 행로가 동시에 존재하고 있음을 의미한다. 삶과 죽음은 나란히 진행되며, 다시 이어지고 겹침으로써 죽음 역시 삶의 일부가 된다. 윤의섭이 직선적 시간관에 대항하여 추구하는 것은, 이처럼 과거·현재·미래가 서로 꼬리를 물고 회전하며 지속되는, 동시 다발적인 시간관인 듯하다. 그것은 바로 "지워지는 기억"의 두려움을 견뎌내고 영원히 '지속되는 기억'을 발견하려는 시도의 일환으로 보인다.

그런데 이 시에서 '지속되는 기억'을 가능케 한 시적 장치는 무엇일까? 그것은 "저수지"라는 '물'의 이미지와, 그 물비늘에 과거와 미래를 새겨넣고 있는 "저녁 햇살"이라는 '빛'의 이미지이다. 이번 시집에서 다양한 모습으로 변주되면서 등장하는, '물'의 이미지는 '지속의 시간'이라는 중심 테마를 형상화하는 기본 장치가 된다. 인용 시에서 '물'의 변주로서의 "저수지"는, "해 뜨고 저물어간 날짜"와 "먼 훗날"이 새겨지는, 즉 과거와 미래를 포함하는 생의 비밀과 운명을 비추어주는 일종의 '거울'의 이미지로 작용한다. 그리고 '물 위'와 '물 밑'의 경계를 형성하여 현실과 환상, 삶과 죽음의 세계를 구획 짓는 공간적 기능을 담당하기도 한다. 한편 "저녁 햇살"의 '빛'의 이미지는 저수지의 물비늘에 작용하여 과거의 흔적과 미래의 예감이 새겨지게 하는 촉매의 역할을 담당한다. '빛'은 그 자체로 '시간'의 개념을 내포하고 있기 때문이다.

　지금까지 살핀 새로운 기억의 방식으로서 '동시 다발적 시간' 혹은 '지속의 시간'과, 그 시적 장치로서 '물'과 '빛'의 이미지를 염두에 두면서 다음의 시를 읽어보기로 하자.

거울에 김이 서리면 발자국을 찍어보곤 한다
발자국은 다시 깊이를 알 수 없는 바다에 잠긴다
내 얼굴 시퍼렇게 눈을 뜬 채 물 밑에 어른거리는
저 시린 바다 잃어버린 나라
이제 사라진 대륙이 은밀한 복원을 꿈꾸는 북해로 가야 한
다
북풍이 휘몰아치고 마른 태양에 은빛 물고기 찬연히 부서
지는
북해로 가야 한다 나는 거기 잠들어 있을 것이다
오래 전 잠겨버린 지층에 고독했던 한 남자가 누워 있을 것
이다
꺼칠한 턱수염을 깎다가 문득
설운 세상에 살고 있는 자신을 발견한 그가 있다
지난날 그 수많았던 절망으로 파묻은
내 가는 등뼈 지느러미라도 달았을까
북해로 가야 한다
거기 살고 있을 종족 중에서
가장 아름다운 아가미를 가진 최초의 나를 만나러
　　　　　　　　　　—「서기 2096년의 書」 중에서

이 시에서 '거울'의 이미지는 "깊이를 알 수 없는 바다"로 들어가는 신비의 통로가 된다. '물'의 변형으로서의 '바다'는 '저수지'와 유사한 이미지 계열로서, 일단 '물 위'와 '물 밑'의 경계를 형성하면서 삶과 죽음, 현재와 과거를 구획한다. 그런데 이 시린 바다 "북해"는 "물 밑"에 잠겨 있는 "잃어버린 나라"가 "은밀한 복원을 꿈꾸는" 곳이다. 그곳의 "잠겨버린 지층"에는 "고독했던 한 남자가 누워 있을 것"인데, '그'는 바로 화자인 '나'이다. 이 화자의 과거는 "은빛 물고기"와 "등뼈 지느러미"에서 암시되고 "아름다운 아가미를 가진 최초의 나"에서 모습을 드러낸 것처럼, '물고기'의 존재로 상정되어 있다.

그런데 이 화자가 "고독했던 한 남자"로서 "문득/설운 세상에 살고 있는 자신을 발견한 그"이며, "지난날 그 수많았던 절망으로 파묻은" 존재로 나타나는 것은 왜일까? 화자는 자신의 현재적 양상을 과거의 원형적 존재에 투사하여 말하고 있는 듯하다. 그렇다면 이 시에서 윤의섭은 과거와 현재, 삶과 죽음, 현실과 비현실이 서로 몸을 바꾸는 지속의 시간을 말하고 있지만, 현실의 시간성에서 연유되는 비극적 세계 인식에서 완전히 벗어나지 못하고 있는 것이 아닐까. "최초의 나"를 만나기 염원하는 욕망의 근저에는 기원과 종말을 사유하는 일종의 묵시론적 시간관이 상존하고 있음을 보여준다. 「迷宮圖」에 나타나는 "독살스런 버드나무처럼/나는 집착하는가"와 "땅속 깊은 뿌리로부터/나는 떠나는가"라는 두 구절은, 일종의 결정론적 사유에 대한 집착과 벗어남 사이의 갈등을 표현하고 있는 듯하다. 그러면 시인은 이 비극적 세계 인식과 묵시록적 시간관으로부터 어떻게 이탈하는 것일까?

> 아침 안개 사라질 무렵 낯익은 뒷모습이 눈에 스친다
> 그녀는 십일 년 전 죽은 사람이다
> 안개 속에서만 피어나 살고 있었다니
> 하루 종일 등이 쑤셔 나는
> 어느 폐가에서 주워왔다는 궤짝을 꺼내 천천히 쪼갠다
> 어느덧 말갛게 갠 서녘에 저녁 노을이 비치고
> 대추나무 베어낸 자리엔 굵은 대추알 매단 나무 그림자가
> 서 있다
>
> ―「2월의 祭儀」 중에서

십일 년 전 죽은 사람이 "안개" 속에서 피어나 살고 있다. 말갛게 갠 서녘에 "저녁 노을"이 비치면, 대추나무 베어낸 자리에 대추알 매단 나무 그림자가 서 있다. 이는 과거에 죽은 사람과 베어진 나무가 다른 시간의 줄기 속에서 계속 삶을 유지해왔음을 말해준다. 여러 갈래의 시간이 동시 다발적으로 진행되고 이어지면서 삶과 죽음은 뒤섞이며 한 몸을 이루는 것이다. 일상의 눈으로는 볼 수 없는 이 신비를 보게 하는 매개는 바로 "안개"와 "저녁 노을"이다. '안개'는 '저수지'나 '바다'와 유사한 '물'의 변형이지만, 공기중에 부유하는 자욱한 휘발성과 불확정성으로 인해 '물 위' / '물 밑'의 공간적 규정성을 탈피한다. '저녁 노을' 또한 낮과 밤, 빛과 어둠이 뒤

섞이는 모습을 통해 삶과 죽음, 과거와 현재가 서로 몸을 바꾸며 융합되는 양상을 빚어낸다. 이러한 측면에서 '안개'와 '노을'보다 더 적극적인 매개의 기능을 보여주는 것은 '바람'의 이미지일 것이다.

> 나는 어두운 숲을 등지고 들판에서 불어오는 바람을 맞이한다
> 숲속에서는 내게 내리는 스산한 명령의 소리가 들려온다
> 대체 어디로 가라는 것이냐
> 바람은 어딘가에 나의 탁본을 떠놓고 있는 게 분명하다
> 이 능역을 벗어나 또다른 혹성이 된 사내를
> 나와 닮은 그에겐 눈물이 있다 감격이
> 있다 불행이 어쩌면 나를 기다리는 그리움이
> 이젠 서서히 무덤을 빨아먹고 꽃으로 피어날 운명인지도 모른다
>
> —「陵域」 중에서

지금 화자는 융건릉에 와서 "기억을 수유하는 무덤"을 본다. 별자리를 따라 지상에 솟아 있는 무덤을 보는 화자에게 "바람"이 불어온다. '바람'은 '내게 내리는 스산한 명령의 소리"로서 "어딘가에 나의 탁본을 떠놓고 있"다. 즉 바람은 지속의 시간을 가능케 하는 미지의 힘이며, 이를 통해 "사내"는 "이 능역을 벗어나 또다른 혹성이" 된다. "나와 닮은 그"는 어쩌면 화자 자신일지도 모른다. "어딘가에 나의 탁본을 떠놓

고 있는 게 분명"한 '바람'이 존재의 무한한 변전을 가능케
하기 때문이다. '바람'의 힘을 통해 이루어지는 이 '존재 전
이'는 '지속의 시간'을 더 견고하게 완성하면서, 윤의섭으로
하여금 거대한 시·공간으로 인도하여 낙관적 세계 인식에
도달하게 하는 것으로 보인다.

> 풀섶에서 쇳조각을 주워들자
> 주위 덩굴이 뿌리째 뽑혀 나왔다
> 이 쇳조각도
> 내년쯤엔 꽃망울 피우고 바람에 하느작거렸을 텐가
> 산길에 졸며 서 있는 전봇대
> 반은 나무가 되었다
> 두드려보면 오래 스민 수액이 찰랑거린다
> 딸애 머리에 들꽃을 꽂아주고도 모자라
> 토끼풀로 팔찌 발찌를 엮었다
> 사람이 꽃으로 피는 건 백년도 안 걸린다
> 산자락을 넘어선 바람이
> 비릿한 냄새를 풍기며 물 속을 헤엄친다
> 겨우 한나절 동안 이 별에서 생긴 일이다
> —「블랙홀」전문

　이 시는 이번 시집의 전체적 의미구조를 흡수하고 다시 분
출하는 '블랙홀'과 같은 작품이다. 윤의섭이 시도하는 새로운
시간관과 인식론과 존재론이 이 한 편의 시에 응축되어 있다.

이 시의 구조는 "쇳조각"과 "전봇대"와 "딸애"를 중심으로 세 가지 상황을 제시하고, 각각의 상황에 의미를 부여하는 것으로 되어 있다. 첫번째는 "쇳조각을 주워들자 / 주위 덩굴이 뿌리째 뽑혀 나"온 상황이다. 이러한 상황에 대한 의미 부여는 4행의 "내년쯤엔 꽃망울 피우고 바람에 하느작거렸을 텐가"에서 제시된다. 쇳조각이 풀과 한 몸을 이루어 꽃망울을 피우게 될 것이라는 생각은 '쇠' / '풀'의 이항 대립, 즉 '기계 문명' / '자연'의 이분법을 해체하는 새로운 상상력을 보여준다. 첫 시집에서 윤의섭은 도시 문명의 불모성과 폐허의 양상을 '철'의 이미지와 결부시켜 형상화하면서 묵시록적·종말론적 상상력을 펼쳐 보였다. 그런데 이번 시집에서는 '철'의 이미지가 드물게 등장하고, 등장하는 경우에도 "달은 생철에 감겨 무지갯빛을 비춘다"(「고불」)에서처럼 자연과 몸을 섞으며 융합되는 양상으로 제시된다.

쇳조각이 풀과 한 몸을 이루어 꽃을 피우는 것은, 상식적인 차원에서는 기적에 해당하는 존재의 전환을 의미한다. 이러한 '존재 전이'는 전봇대가 반은 나무가 되어 있는 두번째 상황과, 딸애가 꽃으로 피어나는 세번째 상황에서 반복되어 나타난다. 이것을 가능케 하는 것은 바로 시간을 빨아들이는 우주의 배꼽, "블랙홀"이다. "내년쯤엔"의 미래적 시간대와 "하느작거렸을 텐가"라는 과거형 서술어가 하나의 문장에 결합되어 있는 것은, 과거·현재·미래의 시간대가 하나의 공간에 겹쳐서 존재하는 차원을 보여주는 것이다. 또한 10행의 "사람이 꽃으로 피는 건 백년도 안 걸린다"와 13행의 "겨우 한나절 동안 이 별에서 생긴 일이다”에 나타난 상반된 시간의 단위는, “이 별”과 거대한 우주 공간 사이에 현실의 시간성을 빨아들이는 블랙홀이 존재함을 암시한다. 블랙홀은 직선적으로 진행되는 근대적 시간성을 무화시킬 뿐 아니라, 우주적 카테고리 속에서 상이한 시간과 공간을 상호 소통케 함으로써 존재를 전환시킬 수 있다. 이러한 양상은 “이제는 끝에 와버렸다는 걸/실은 전혀 딴판으로 생겨먹은 세상이/어딘가에 이어져오고 있었다는 걸”(「7천 년 派」)에서 보듯, 종말론적 시간관을 지속의 시간관으로 역전시키는, 발상의 전환을 통해 얻어지는 것이다. 이처럼 동시다발적인 시간의 갈래, 즉 무수히 갈라진 시간의 이어짐과 지속을 받아들일 때, 우주적 시공 전체를 조망하는 거시적 시선을 통해 낙관적 세계 인식이 가능해지는 것이다.

이 시에서도 무수한 시간과 공간의 상호 소통, 혹은 존재 전환을 돕는 구체적인 매개로서 ‘바람’이 작용한다. 4행의 “내년쯤엔 꽃망울 피우고 바람에 하느작거렸을 텐가”에서, ‘바람’은 과거와 미래를 하나의 지점에 결집시켜 시간의 주름을 접고 펼침으로써 쇳조각이 꽃망울을 피우는 데 기여한다. 그리고 11~12행의 “산자락을 넘어선 바람이/비릿한 냄새를 풍기며 물 속을 헤엄친다”에서, ‘바람’은 무정형적 역동성으로 시간과 공간을 넘나들며 존재의 전환을 가능케 한다. 바람에 묻어온 비릿한 냄새는 곧 ‘물고기’를 연상시키면서 ‘사람’과 ‘꽃’과 ‘물고기’가 상호 전환되는 계기를 마련한다. 결국 이 시는 ‘바람’의 작용으로 형성되는 ‘블랙홀’의 차원을 형상화함으로써, 거대한 우주적 시·공간 속에서 다양한 존재 전환이 진행되고 있음을 보여주고 있다. 다음의 시는 앞에서 살핀 '빛'과 '거울'과 '바람'의 이미지가 결부되면서 또하나의 블랙홀을 형성하고 있다.

서녘으로 가는 벌판에서 이상한 빛이 솟아올랐다
그곳에 가까이 간 사람들은 죄다 돌아오지 않았다
소문엔 황금 거울이 놓여 있어 다들 거울 속에 살 거란다
산자락을 타고 오르는데
볼을 스치는 바람에서 비린내가 났다
좀더 자세히 들여다보니 하늘을 나는 물고기였다
물고기 주둥이엔 편지가 물려 있고
지느러미를 흔들며 한 소식 전하러 지상으로 내려갔다
농부가 땅을 일구는데 낯선 지붕이 묻혀 있었다
아무리 파헤쳐도 층을 알 수 없는 고층 아파트가
뿌리내린 채 비상등을 켜놓았다
아파트에 사는 이들은 잠을 자고 있었고
그들의 꿈이 꼭은 이 세상을 이룬다고 여겨졌다
하루는 한 여인이 찾아와
자신을 사랑한 적이 없었냐고 물었다
어쩌면 이 여인은 먼 훗날 나를 꿈꾸고 있었는지도 모르겠
다
허나 추억은 떠오르지 않았고
아직은 현생(現生)이 그립기만 했다

　서녘으로 가는 벌판의 '빛'에 가까이 간 사람들은 돌아오지 않는다. 그곳에 있는 '황금 거울'이 현실과 환상, 이승과 저승의 문턱을 형성한다. 산자락을 타고 오를 때 볼을 스치는 '바람'은 "하늘을 나는 물고기"였는데, 이 물고기 주둥이엔 편지가 물려 있다. "한 소식"을 담고 있는 "편지"는 삶과 죽음의 경계를 넘어 전달되는 메시지의 의미를 지닌다. 이번 시집에 자주 등장하는 '활자'의 이미지는, "바람에게 부탁하여 오래 전 새겼던 비문의 탁본을 뜨게 하고/어느 먼 먼 시대에 이미 모든 活字가 죽었음을 기억나게 하리라"(「오래된 타자기의 겨울」)에서처럼, 한 시대를 풍미하고 소멸한 문명의 형태로 형상화되기도 하고, "책장에서 흘러나오는 바람은 사막에 한 획씩 글자를 새겨놓는다"(「도서관에서의 추억」)에서처럼, 경계를 넘어 전달되는 메시지의 의미를 지니기도 한다. '활자'에 대한 이러한 이중적 시선은 윤의섭이 기계문명에 대한 비판을 더 넓은 의미에서의 인류의 문화에 대한 거시적 안목으로 전이시키고 있음을 알게 한다.

　이러한 거시적 조망의 시선은 인용 시에서 '지상'과 '지하'의 공간적 형식으로 전경화된다. 지하에 고층 아파트가 뿌리내린 채 존재하고 있다는 상상은 '저수지'나 '바다'를 통해 형성한 '물 위'/'물 밑'의 공간적 위상이 변주된 형태라고 볼 수 있다. 따라서 지상/지하의 관계는 일단 현실/환상, 삶/죽음의 관계망을 형성하고 있다. 그런데 주목할 점은 이 아파트에 사는 이들의 꿈이 이 세상을 이룬다고 여기는 것이다. 이는 현실/환상, 삶/죽음의 관계를 역전시킴으로써 단순한 이분법에서 벗어나 꿈과 현실, 삶과 죽음이 뒤바뀌는 미궁의 공간성을 보여준다. 이러한 미궁 속에서 한 여인은 먼 훗날의 나를 꿈꾸지만, 나에게 추억은 떠오르지 않고 현생이 그립기만 한 것이다. 이것은 공간적 개념인 '미궁'에 '지속'의 시간 개념을 결부시켜 전생과 현생과 후생이 꼬리를 물며 몸을 바꾸는, '시간의 미궁'을 형성하는 것이다. 이를 더 구체적으로 살피기 위해 다음의 시를 읽어보자.

> 바람은 미친 듯이 땅을 할퀴고 지나갔다
> 흙이불을 덮은 채 반쯤 썩어가던 낙엽이 뼈를 드러냈다
> 이 땅 한 켜 밑엔 제 녹아내리는 살을 느긋이 지켜보는
> 세대주가 살고 있다 한 켜 밑에선 거룻배 한 척이 강을 건
> 넌다
> 몇 층이나 되려나
> 움푹 파인 서산(西山) 하늘귀를 바라보면
> 이미 발굴이 시작된 카타콤
>
> (……)
>
> 몇 층이나 되려나 이 카타콤
> 한 켜 밑에는 까맣게 녹슨 이십세기의 태양이
> 한 켜 밑에는 머나먼 아버지의 초원이

　한 켜 밑에는 벌거벗은 채 누워 있는 인류가 아닐지도 모르
는 종족이

　나는　내 심장을 드러낸 채 서른 살보다 많은 부장품을 내
준다
—「서기 2096년의 書」 중에서

　인용 시는 지하 공간의 다층적 구조를 보여줌으로써 현실/
비현실, 삶/죽음, 현재/과거 등의 단순한 관계망을 벗어나 중
층적인 의미망을 형성한다. 이를 통해 시인은 무수히 갈래지
어진 시간의 지속, 즉 중층적 시간의 공존을 형상화하는 것이
다. 이러한 상상력이 단지 환상의 차원에 국한되지 않는 것
은, 잘 보존된 고대 도시를 발굴하는 현장의 모습이 이와 같
기 때문이다. 윤의섭은 지속의 시간이 현실의 공간에 존재함
을 증명하기 위해 일상의 구체적인 현상과 장면을 포착한다.
"수면에 떨어진 빗방울은 파문 한 송이로 변합디다/하수구
에 빨려드는 물길이 굵은 밧줄을 꼽디다"(「천일의 악몽」)는,
복수적 생의 가능성, 혹은 삶과 죽음의 끝없는 변전성을 일상
적 이미지에서 발견한 좋은 예가 된다.
　수많은 층으로 이루어진 카타콤에는 "서른 살보다 많은 부
장품을 내"주는 화자가 또하나의 층을 형성하고 있다. 카타콤
에 보존된 과거의 유물과 현재 살아 있는 화자의 구분을 무
화시킴으로써 삶과 죽음, 현재와 과거의 경계를 무너뜨린다.
이는 결국 지하 공간의 다층적 공간성에 동시 다발적으로 진

행되고 이어져 겹치는, 시간의 지속성을 결부시킴으로써 '시
간의 미궁'을 형성하는 것이다. 이 '미궁의 시간'을 통해 윤
의섭의 시는 시간과 공간의 응축과 팽창뿐 아니라, 삶과 죽음
이 끝없이 변전하는 자유로운 존재 전환이 가능하게 된다.

　　마당에선
　　뒹굴던 새의 깃털이 점점 자라
　　다시 온전한 새가 되어 날아가고
　　해질녘에 떨어진 햇빛은 풀꽃으로 진화한다네
　　거긴 좀 어떤가
　　봄이 가고 여름이 가고
　　창 밖 세상은 벌써 일만년 후라네
　　전날 깎아버린 손톱은 열 개의 달이 되고
　　어딘가에 떨어진 눈썹은 숲이 된다네

　　그대여 바람을 일으켜 먼지 흩날리게
　　그대 기억보다 더 생생한 잊혀짐이게
　　　　　　　　　　　　　　—「수암 가는 길」 중에서

　깃털이 자라 새가 되어 날아가고, 햇빛이 풀꽃으로 진화하
고, 깎아버린 손톱이 열 개의 달이 되고, 떨어진 눈썹이 숲이
되는 것은, 무수한 존재 전환의 예를 든 것이다. 삶과 죽음이
한 몸으로 엉키는 차원에서 존재의 개체적 독립성과 한계는
초월되고 다른 존재로의 전이가 이루어지는 것이다. "봄이 가

고 여름이 가고/창 밖 세상은 벌써 일만년 후라네"가 보여주는 것은, 이 존재 전이를 낳는 블랙홀인 '시간의 미궁'이다. 그것은 과거를 예언하고 미래를 추억하는, 새로운 기억의 방식과 관련된다.

그렇다면 윤의섭의 이러한 상상력을 윤회와 열반을 근거로 하는 불교의 순환적 세계관이라고 말할 수 있을까? 윤의섭의 사유가 불교적 사유와 유사한 측면이 있지만, 그것과 동일한 것은 아니다. 윤회는 업보에 따라 후생이 결정되는 일종의 인과적 필연성에 근거하며, 열반은 삶과 죽음의 경계뿐 아니라 시간과 공간을 초월한 무한의 세계로 들어서는 것을 의미한다. 윤의섭의 사유는 인과응보나 초월적 사유와는 달리, 주사위 놀이처럼 우연성에 의해 이루어지는 삶의 예측 불가능한 변전 가능성을 인정하고 받아들임으로써 결정론적 시간과 공간의 테두리를 이탈하는 것이라고 말할 수 있다. 따라서 그의 시간에 대한 사유를 단순히 순환적 시간관이라고 말하기도 어려울 것이다. 삶과 죽음이 뒤바뀌며 무수히 변전되는 시간과 공간의 겹침을 우리는 '시간의 미궁'이라는 표현으로 설명한 바 있다. 이 '시간의 미궁' 속에서 동시 다발적인 시간의 갈래들이 하나의 지점에 공존하기도 하고, 여러 층위의 공간이 하나의 시간대에 중첩되기도 하는 것이다.

여기서 나는 '미궁의 시간'을 통해 윤의섭이 낙관적 세계 인식에 도달한다고 말한 것에 대해 부연할 필요를 느낀다. "나는 또 누군가의 생애인가"라고 묻는 시인은, 이 시집 도처에서 허무주의와 시니시즘의 색채를 흩뿌리고 있다. 「도서관

에서의 추억」에서 스스로 각주를 단 '사막'의 이미지에서 보
듯, "과거 현재 미래를 가로지른 텅 빈 세상 또는 마음으로서
의 사막"에서 "바람 불면 소멸하고 새로 돋는 사막의 모래산
처럼 존재"하는 미궁의 시간은, 윤의섭에게 있어 그 자체가
허무의 바다이다. 그러므로 내가 말한 낙관적 세계 인식이란,
우연성과 무한한 변전 가능성이 지배하는 이 세계의 허무를
있는 그대로 받아들이는 생의 긍정, 혹은 운명에 대한 사랑을
의미하는 것이다. 다시 말하면, 그것은 능동적 허무주의이다.

　간혹 어떤 독자는 시인에게 이렇게 질문할지도 모른다. 당
신이 보여주는 것은 현실에 대한 통찰이 아니라 단지 꿈과
환상의 차원이 아니냐고. 그러면 시인은 이렇게 대답할 것이
다. 당신이 말하는 현실은 근대적 시간과 공간의 개념에 의해
형성된 선입견이다. 근대적 사유를 형성하는 진보적 시간관
뿐 아니라 묵시록적 종말의 시간관이나 불교적 윤회의 시간
관도, 카오스적 혼돈의 시간을 질서지음으로써 그것을 견디
고 살아내기 위한 상상의 산물이 아닌가. 그렇다면 내가 보여
주는 '미궁의 시간'이 세계와 존재의 실상에 근접하는 상상
이 아니라고 누가 장담하겠는가. 윤의섭의 시는 이처럼 우리
가 진리라고 믿어왔던 결정론적 시간과 공간, 혹은 순환적 세
계관을 이탈하여 세계와 존재를 다시 사유할 수 있는 기회를
제공한다. 이 '시간의 미궁' 속에 당신도 이미 들어와 있다면,
당신은 그 허무와 함께 춤을 출 것인가 도망쳐나올 것인가?

문학동네 시집 49
천국의 난민

ⓒ 윤의섭 2000

초판인쇄 | 2000년 11월 8일
초판발행 | 2000년 11월 15일

지 은 이 | 윤의섭
책임편집 | 김현정 이은석
펴 낸 이 | 강병선
펴 낸 곳 | (주)문학동네
출판등록 | 1993년 10월 22일 제22-188호

주   소 | 136-034 서울시 성북구 동소문동 4가 260번지 동소문빌딩 6층
전자우편 | editor@munhak.com
         하이텔 : podo1
         천리안 : greenpen
전화번호 | 927-6790~5, 927-6751~2
팩   스 | 927-6753

ISBN 89-8281-337-3 02810
* 잘못된 책은 바꿔드립니다.
www.munhak.com